PARTITION AMOUREUSE

Née en 1961, Tatiana de Rosnay est franco-anglaise. Elle est l'auteur de dix romans, dont *Le Voisin, Boomerang, Rose, À l'encre russe* et *Elle s'appelait Sarah*, best-seller international vendu à plus de neuf millions d'exemplaires dans le monde et adapté au cinéma en 2010. Elle a notamment publié deux recueils de nouvelles, et récemment *Manderley for ever*, biographie remarquée de Daphné du Maurier. Tatiana de Rosnay a été désignée comme l'une des cinquante personnalités françaises les plus influentes à l'international par le magazine *Vanity Fair*. Elle vit à Paris avec sa famille.

TATIANA DE ROSNAY

Partition amoureuse

LE LIVRE DE POCHE

Ce livre a précédemment paru sous le titre *Le Dîner des ex*.

© Tatiana de Rosnay, 1996, et 2015, pour la présente édition.
IBSN : 978-2-253-06610-1 – 1re publication LGF

À N. J., qui ne sera jamais un ex.

« L'histoire d'une femme, c'est avant tout l'histoire des hommes qui jalonnent sa vie. »
Denise BOMBARDIER.

« La musique commence là où s'arrêtent les mots. »
Claude DEBUSSY.

Cher Max,

De là où tu es, tu peux tout entendre. Écoute ce que mijote ta «*kleine* Margotine», cela ne manquera pas de t'amuser. J'imagine ton regard gris pétillant de gaillardise, ta large bouche s'ouvrant pour laisser exploser ce gloussement exubérant qu'il m'arrive encore d'entendre lors d'un rêve. Crinière blanche rejetée en arrière, paupières plissées, rigoles-tu souvent, là-haut? Je donnerais tant pour te voir rire à nouveau, et pas seulement dans mes songes.

Récemment, une idée saugrenue m'est venue. C'était un soir, en rentrant tard d'un dîner, longtemps après que Pierre m'eut quittée. J'avais roulé dans la ville en regardant les immeubles endormis. Au croisement de la rue de l'U. et du boulevard Saint-G., je n'ai pu m'empêcher de lever les yeux vers une fenêtre et de me dire : « Tiens, là, c'était avec O. » Et le souvenir d'une nuit oubliée m'est revenu à la mémoire ; l'odeur d'un homme, la chaleur de son corps, la volupté d'une étreinte.

Une fois chez moi, je me suis installée devant ma table de travail, laissant mes partitions de côté, et j'ai inscrit en ordre chronologique sur une grande feuille de papier, les prénoms des hommes à qui je me suis donnée durant ces vingt dernières années. Puis j'ai contemplé cette liste avec un certain étonnement. Elle était bien plus longue que je ne l'aurais imaginé. J'anticipe ton sourire malicieux… Tu as raison, Max. Je vais avoir quarante ans. À cet âge-là, toute femme a un passé.

Il est des hommes indélébiles, imprimés au fer rouge au plus profond de ma chair, à qui j'ai tout donné ; le corps, le cœur et la tête. Ils sont trois. Toi, Manuel, et Pierre. Puis il y a les autres, ceux qui n'ont pas compté, plus nombreux, quasi effacés par le temps, défilé de soupirants insignifiants à qui je m'offrais sans abandonner un gramme du cérébral.

En regardant cet inventaire intime, ce catalogue d'amants, les prénoms que je t'ai cités plus haut se détachèrent du reste. C'est alors que j'ai eu la drôle d'idée qui fait l'objet de cette lettre ; l'envie d'inviter ces hommes-là à dîner, seuls, sans femme ou petite amie. Ce serait un dîner d'ex-amants.

Avec l'excitation d'une gamine à la veille d'un goûter d'anniversaire, je laissai gambader mon imagination. Première préoccupation : où les convier ? Le raffinement de Manuel exigerait un endroit surprenant comme l'étage noble d'un palais vénitien, ou la scène rouge et or d'un théâtre rococo. Pour Pierre – mon ex-mari –, je savais bien que le cadre de nos ripailles avait peu d'importance : pour cet homme-là, dîner signifiait tout d'abord manger. Et toi, Max ? Si tu étais parmi nous, je pense que tu aurais voulu souper dans un de ces hauts lieux artistiques que tu dois à présent hanter ; endroits riches de culture et de beauté, comme celui où je t'ai connu il y a deux décennies.

Tu m'as eue gamine. Aurais-tu désiré, toi qui t'es délecté de la fraîcheur de mes vingt ans, ce visage de femme arrivée à mi-parcours de sa vie ? Le front est encore bombé, mais strié par quelques rides, les lèvres amincies ont un pli parfois amer, les joues rebondies ont cédé la place à des pommettes saillantes, et la chevelure rousse est balayée de fils d'argent.

Tu aimais tant la jeunesse et son cortège de douceurs : la fermeté de la peau, l'arrondi d'un sein haut perché, l'innocence du regard. C'était l'insolent privilège de tes soixante-dix ans que de t'octroyer des maîtresses qui auraient pu être tes petites-filles. Tu avais l'âge d'un grand-père, mais la fougue d'un adolescent. En esprit, tu étais le plus jeune des trois hommes que j'ai aimés.

Afin de couper court à toute complication, je décidai de donner ce dîner des «ex» chez moi. Sur une nouvelle feuille blanche, je dessinai un plan : un rond pour la table, avec, au sommet, une croix sous un M pour Margaux. Ensuite ? Quel casse-tête ! Préoccupée par ces tracasseries de placement, je ne réalisai pas d'emblée que nous serions trois à table, et non quatre. Tu vois, j'ai encore du mal à accepter ta mort, quinze ans après.

Je me souviens comme si c'était hier du jour de ton décès. Une voix monocorde annonça à la radio : «Nous apprenons à l'instant la mort du grand chef d'orchestre Maximilian U. à l'âge de soixante-quinze ans, terrassé par une crise cardiaque en pleine répétition.» Quelle belle mort ! s'exclama le monde entier. Tu as marqué d'une empreinte si profonde notre univers musical, qu'en écoutant les innombrables enregistrements de tes concerts, il est difficile de concevoir que tu n'es plus là.

Ne pourrais-tu pas faire une petite apparition ? J'aimerais tant te voir à ce dîner des ex, assis avec les autres à ma table, magnifique vieillard d'un mètre quatre-vingt-dix, à peine tassé par l'âge. Tu serais légèrement plus pâle que mes autres invités, mais aucun de nous, même pas Manuel et sa langue perfide, n'aurait l'idée de te traiter de fantôme tant tu déborderais, comme à ton habitude, de vivacité et d'entrain.

Le menu, à présent. Autre casse-tête… Que servir à ces messieurs ? Manuel, obsédé par sa ligne, picorera du bout des lèvres, refusera le dessert, mais sera pointilleux sur le vin et exigera le meilleur des cigares. (Un saint-julien ou un saint-estèphe. Prévoir un décaféiné avec deux sucrettes et un grand cendrier.) Pierre boudera tout exotisme et ne daignera sourire qu'à la vue d'un cassoulet ou d'une tête de veau. (Prévoir deux fromages différents. Café serré, un sucre et demi.) Je me souviens peu de tes goûts culinaires, mais comme je t'ai connu en Italie, que dirais-tu de gnocchis à la Romana arrosés d'un frascati frais ?

J'ai ensuite pensé au pour mémoire. On ne

peut convier les ex-hommes de sa vie sans mystère, sans mise en scène. Impossible de leur
griffonner un mot banal sur une carte ordi-
naire. Mais avant de leur envoyer ce billet particulier, il me faut d'abord les joindre, connaître
leurs disponibilités.

N'ayant pas vu Manuel depuis plus de cinq
ans, je dois vérifier si l'ancienne adresse corres-
pond encore. Pierre, en écoutant mon message
sur son répondeur, esquissera une grimace,
pensant que je réclame une fois de plus ma pen-
sion alimentaire. Toi, je me demande ce que tu
pourrais imaginer en entendant ma voix, après
si longtemps. Tu aurais quatre-vingt-quinze ans
aujourd'hui.

Remettons les pendules à l'heure. Manuel
a dû entamer la soixantaine et Pierre fêtera
ses quarante-deux ans cet hiver. Je ne suis pas
seule à avancer dans l'existence, Dieu merci !
Incorrigibles galants, les hommes de ma vie
m'accompagnent au fil des ans. Sauf toi, vieux
farceur, qui n'as pas attendu de connaître
Margaux en quadragénaire.

Viendraient-ils ? Je ne te cache pas que ce soir, cette question me pèse. Auraient-ils envie de me revoir, malgré nos épreuves, malgré nos défaites ? Un ex, c'est avant tout l'échec d'une histoire d'amour. Une histoire d'amour laisse des traces.

Regarde au fond de mes yeux et tu découvriras l'estampille de chacun d'entre vous. Toi, tu as donné à mon regard la profondeur née d'une compréhension musicale que je n'avais, à ton époque, pas entièrement mesurée. Aujourd'hui, je sais que si je ne t'avais ni connu, ni aimé, je n'aurais pu exercer ce métier avec la même certitude, la même force.

Regarde-moi encore ; tu apercevras de façon fugitive quelque chose qui va te stupéfier, et qui ressemble étrangement à de la soumission. Manuel a laissé cette marque-là. Je sens que ta curiosité s'éveille, et d'après ce sourire en coin, je devine que ton œil de lynx a déchiffré cette empreinte. Tu ne t'es pas trompé. Dans ses bras, j'ai connu le plus enivrant des plaisirs. Toi qui fus musicien, je te dirai que Manuel m'apparut tel un virtuose de l'amour, et qu'à un moment de ma vie il sut, comme aucun d'entre vous ne l'a su, décrypter la partition secrète de mes désirs.

Tu n'auras pas besoin de chercher longtemps la trace de Pierre. Il me semble que c'est la plus visible de toutes. Tu ne me connaissais pas cette douceur-là ; tu n'avais jamais vu cette lumière particulière. Tu es surpris, non ? Tu as raison, il s'agit d'amour. Mais rien à voir avec Pierre. Tu donnes ta langue au chat ?

Envoie donc ton esprit dans la chambre au bout du couloir ; passe à travers le mur comme le vent à travers les branches d'un arbre, et penche-toi sans faire de bruit sur un petit lit blanc. Tu verras une tête poil de carotte ; tu devineras un souffle léger. Je te présente Martin. Cinq ans. L'éclat nouveau dans mes yeux s'appelle maternité.

J'imagine que tu aimerais, si tu le pouvais, me poser une foule de questions. Tu m'as quittée jeune fille, tu me retrouves mère de famille… Ta *kleine* Margotine a mûri. Elle a vécu. J'entends d'ici ta voix si distincte, presque cassante, et ses intonations qui trahissent tes origines. Impatient, gourmand, tu voudrais tout savoir de moi. Suis-je en mesure de te répondre ?

T'évoquer mon passé ne me répugne guère. C'est te dévoiler mon présent qui me navre ; le naufrage de mon mariage, la solitude qui me ronge, et l'amorce de cette quarantaine qui me taraude. Ce soir, te livrer ce flottement m'est pénible.

Je pourrais te raconter, en attendant le retour d'une témérité envolée, que j'ai réussi à m'imposer dans un milieu misogyne que tu as dominé tel un souverain. Mais tout cela, tu le sais,

n'est-ce pas ? Tu me surveilles de près, musicale-
ment. Il m'est déjà arrivé, lors d'un concert, de
te sentir au bout de ma baguette, m'insufflant
force et vitalité.

À présent, c'est ma vie privée qui t'intéresse,
ma vie de femme. C'est pour cela que tu t'es
assis là ce soir, et que je sens ton regard sur
moi. Non, je n'ai pas peur. Je t'ai trop aimé pour
avoir peur de toi. Cette lettre commencée pour
te raconter une idée cocasse, se transforme peu
à peu en confession amoureuse. Tu dois en être
grisé. Je te propose la primeur de ces souvenirs
intimes, à une condition.

Avant de te livrer l'histoire de Manuel, puis
celle de Pierre, il me faut commencer par la
tienne. Tu as été mon premier amour, ainsi que
mon mentor, mon inspirateur, mon guide.

Si je suis arrivée là où je suis, c'est en partie
grâce à toi.

Cette journée, mon cher Max, a mal débuté.
T'en parler me soulagera peut-être. Une fois
arrivée au Théâtre du C., on m'annonça une
pléthore de problèmes techniques, ténor grippé,
trompettiste absent, et j'en passe. À ce rythme,
il ne me manque plus qu'une menace de grève.

Selon le directeur, ces incidents n'ont pas lieu
lorsque l'orchestre est dirigé par un homme. Tu
vois, les choses n'ont guère changé…

Ce matin, nous répétions le *Magnificat*. Tu te doutes bien qu'il ne s'agit pas de mon premier. Les précédents ont la saveur fade d'aventures trop sages, teintées de classicisme. Cette fois, je le veux nerveux, luxuriant et percutant, d'autant plus que j'ai innové sa structure. Qu'en aurais-tu pensé?

De la mouture originale en *mi* bémol, version peu jouée et moins connue (tu le sais mieux que quiconque), j'ai conservé quatre cantiques de Noël, tout en maintenant les différences de l'instrumentation de la version définitive en *ré*, en particulier le remplacement des flûtes à bec par des flûtes traversières. J'ai naturellement transposé les quatre motets, qui s'insèrent ainsi dans les douze séquences du *Magnificat* pour créer un contraste étonnant et séduisant. Il s'agit là d'une innovation audacieuse pouvant m'attirer autant de louanges que de blâmes. J'en ai l'habitude, et cela me plaît.

Il y a quelques années, engagée à la tête de l'orchestre de P., on me fit sentir qu'on n'aimait ni le fait que je sois une femme, ni mon jeune âge. Reçoit-on les journaux dans ton pigeonnier céleste? Si oui, tu as dû remarquer que les médias se sont régalés d'une «femme maestro» aux cheveux aussi roux que furent ceux d'Antonio Vivaldi.

Contrairement à d'autres chefs du sexe dit faible, j'ai refusé de camoufler ma féminité, ce qui a pu surprendre quelques journalistes. Ainsi, pour l'un de mes premiers concerts télévisés, on me découvrit de dos, habillée d'une queue-de-pie ajustée à la taille laissant entrevoir mes jambes vêtues non pas d'un pantalon ample mais gainées d'un collant noir, juchées sur de hauts escarpins aux talons bobines.

Il me semble que ton regard devient rêveur. Cela t'aurait plu, je crois. Emballé par cette vision moderne – alors que d'autres puristes criaient au scandale –, un célèbre couturier voulut créer pour moi, à grands renforts publicitaires, une tenue de scène. J'ai décliné son offre, impressionnée par ces remous.

Je connais bien la plupart de mes instrumentistes, cependant, certains d'entre eux se méfient encore d'une femme chef. Les plus misogynes sont souvent d'autres femmes. La soprano anglaise Rebecca S. (qui fut, jadis, une de tes Leonore), me donne du fil à retordre. Elle arrive en retard, bavarde avec les vents quand je fais reprendre les cordes, et ne me regarde pour ainsi dire jamais.

— J'ai rarement été dirigée par une femme, m'annonça-t-elle lors de notre première rencontre.

Le regard glacial qu'elle promena sur ma chevelure indomptée et mon caleçon de garçonne laissait deviner son souhait de me contempler engoncée dans une robe housse, les cheveux attachés.

— Moi, je suis fière d'être dirigée par une femme, m'avait glissé Hélène K., la contralto.

Et la deuxième soprano, Alice D., qui avait déjà travaillé avec moi, me chuchota à l'oreille :

— Si vous remettez votre costume moulant du *Messie,* le *Quia respexit humilitatem* de miss Rebecca va coincer…

Nous devions répéter le *Suscepit Israël.* Rebecca se lança en premier, sans même me jeter un regard. Hélène, elle, prenait la peine de me voir ; sa grave douceur talonna la vibration aérienne de Rebecca, puis Alice fit écho, pure et légère. Une minute cinquante-huit de beauté encore imparfaite, à cause d'un manque de souffle d'Hélène, et d'une sonorité de hautbois trop dure pour la langueur du mouvement. La séquence fut reprise, inlassablement, et la répétition s'écoula ainsi.

Pendant ces longues heures de travail, j'ai souvent pensé à notre rendez-vous de ce soir. J'avais hâte de te retrouver, ne serait-ce qu'en pensée. En rentrant, j'ai tout d'abord embrassé mon Martin endormi, car il est tard ; puis j'ai pris un bain, grignoté un morceau, et me voici, comme promis, assise à mon bureau. Patrick, le baby-sitter, est remonté chez lui. L'appartement est silencieux, paisible ; on entend à peine le trafic du boulevard.

Aimes-tu cette pièce ? Je m'y sens bien. C'est mon refuge, ma tanière. Martin est bien le seul à pouvoir en franchir le seuil sans montrer patte blanche. Il m'arrive parfois, au bout d'une nuit de travail, de m'y endormir comme une enfant, délaissant le lit de ma chambre voisine.

Voici mon Steinway noir, fidèle compagnon depuis bientôt vingt ans, et dont les touches ivoire à peine jaunies par le temps sont comme le sourire chaleureux d'un ami très cher. Je l'ai acheté après ma première saison de concerts. Sur lui je veille comme sur un premier enfant ; deux fois par an, un technicien vient l'accorder, et lorsque je pars en tournée, je dois admettre que je le laisse à regret.

Voilà les partitions et les enregistrements de tout ce que j'ai pu diriger, ces quinze dernières années. Promène-toi et regarde, à ta guise. Tu ne verras pas de photos. C'est la musique qui renferme pour moi le plus de souvenirs, bien davantage qu'un portrait figé dans un cadre.

Il me suffit de choisir au hasard une de ces partitions et de la parcourir des yeux. L'évocation du passé monte en moi tandis que la mélodie prend son ampleur. Avec précision, chaque note me rapporte une sensation oubliée, un visage, un lieu, une émotion.

Certaines œuvres me sont pénibles à écouter, comme la *Suite* en *ré* mineur de Haendel, ou le deuxième mouvement du *Concerto pour deux violons* en *ré* mineur de Bach, que mon petit frère aimait tant. Les entendre ravive la perte de Vincent, disparu à vingt-cinq ans dans un accident de voiture. Je me refuse souvent à les diriger. Pour le faire, je dois me sentir forte. Pas comme en ce moment, où je suis victime d'une étrange vulnérabilité.

J'ai choisi la date du dîner des ex. Ce sera le soir de mon anniversaire, le 28 octobre prochain. C'est bien le meilleur prétexte selon moi, qui me permette d'attirer ces deux hommes à souper. Pourvu que cette soirée reste libre et qu'un imprévu ne vienne pas s'y greffer… Il faudrait que j'en parle rapidement à Claire, mon agent, qui gère d'une main experte mon emploi du temps.

Mon Martin vient de faire irruption dans la pièce, le visage chiffonné. Il a eu un cauchemar. Je l'ai laissé se rendormir sur le canapé près de mon bureau après l'avoir longuement câliné. Comme il est petit, et fragile, encore. J'en ai le cœur serré. Ce n'est pas facile de concilier mon métier et un jeune enfant. J'ai conscience qu'il souffre de mes nombreux déplacements ; lorsqu'il me faut le quitter pour quelques jours, je me sens fautive.

Toi, comme la plupart des hommes, tu n'as jamais été effleuré par cette culpabilité. Au sommet de la gloire, tes deux filles étaient déjà quadragénaires, et mères elles-mêmes. Gamines, une kyrielle de nurses anglaises engagées par tes trois épouses successives s'en chargeaient tandis que tu sillonnais la planète.

Je tente de me dépêtrer tant bien que mal des semaines où Martin est gardé par le jeune homme au pair, étudiant que je loge dans une chambre au sixième, et celles qu'il passe chez son père. Malgré l'excentricité de ma profession, je t'avoue que je mène la double vie de toute femme divorcée, écartelée entre les obligations de son métier et les exigences d'un enfant perturbé par la séparation de ses parents.

Je m'étais promis de ne pas sombrer dans les soucis du présent. Il m'est mille fois plus agréable de te raconter les préparatifs de ce dîner si engageant. Tout à l'heure, j'ai acheté un service de table bleu et or, décoré de signes astrologiques, assorti à ma nappe et mes gobelets turquoise. Voilà ma décoration toute trouvée. Lion pour toi, Vierge pour Manuel, et Taureau pour Pierre, sans oublier mon Scorpion. (Et mon petit chérubin, enfin assoupi, s'amusera de son assiette Cancer.) J'ai toujours été fascinée par l'astrologie, surtout lorsqu'on la conjugue au masculin. Il est des signes qui m'échappent et que je cerne mal : Bélier, Poissons, Capricorne. D'autres me sont d'emblée familiers ; ce n'est pas un hasard si ce sont les vôtres, et celui de mon fils. Les femmes Scorpion sont faciles à débusquer ; étrangement, elles me reconnaissent aussi. Effet de miroir ?

Je devine que tu bâilles à te décrocher la mâchoire. Je suis impardonnable ; j'oubliais que les astres t'ennuyaient. Boucle donc ta ceinture, Max, ma machine à remonter le temps est enclenchée. À bord de notre engin magique, repartons pour la cité de marbre et de bronze ; survolons la mer à l'ouest, glissons au-dessus des ruines d'Ostia Antica, ancien ventre de la Ville éternelle, tout en suivant les volutes du fleuve vers les sept collines.

Au loin, le dôme gris pâle de Saint-Pierre se profile ; puis l'on devine l'ellipse dentelée du Colisée, la coupole du Panthéon et la crête blanche de la « machine à écrire ». Cap au nord, longeons la place octogonale à l'ocre orangé, filons vers les pins parasols et les pelouses vertes du plus grand parc de la ville pour atterrir sur le toit accueillant de l'hôtel H., en douceur, sans effrayer cette vieille Américaine dégustant un cappuccino sur sa terrasse.

Asseyons-nous, Max, soufflons. Reprenons nos esprits en contemplant les campaniles jumeaux de l'église toute proche. Es-tu prêt ? Donne-moi la main, écoute le début de notre histoire.

Max

Con anima

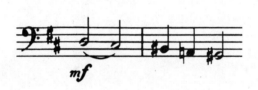

Tu sillonnes gaiement l'immensité profonde
Avec une indicible et mâle volupté.

Charles Baudelaire, «Élévation».

J'ai toujours aimé la musique. Ce n'est pas un hasard si j'en ai fait mon métier. Presque toutes les musiques m'attirent. Les gens sont surpris d'apprendre que j'apprécie autant un succès des Rolling Stones qu'un des *Concertos brandebourgeois*.

Ce que je sais de la musique, ce que je comprends d'elle, beaucoup me vient de toi. Tu fus le seul musicien que j'ai aimé. C'est peut-être pour cela que nous connûmes une telle passion. Je n'avais pas besoin de t'expliquer mes sentiments avec des mots; que je me trouve au piano ou face à un orchestre, tu captais chacune de mes émotions, puis à ton tour, tu me répondais sans paroles, par le truchement intime de la musique.

Il me semble que les deux autres hommes de ma vie – ceux qui viendront, je l'espère, à ce dîner – sont passés à côté de mon âme de musicienne. Pour eux, j'étais femme avant tout – pour Pierre, la mère de son fils –, alors qu'à tes yeux j'étais les deux ; musicienne et femme.

Malgré le brouhaha de la rue, les passants qui rient et qui parlent, malgré le bruit des voitures roulant le long du boulevard, je parviens sans peine à entendre l'ouverture du *Magnificat* dans ma tête ; j'intercepte chaque instrument ; trompettes, hautbois, tambours, flûtes, violons et contrebasses, et chaque voix ; deux sopranos, contralto, ténor, et basse, entourés par le chœur.

Pierre, en particulier, détestait ces escapades solitaires dans mon univers musical, et se sentait exclu. Manuel aimait l'idée d'avoir une maîtresse qui lisait des partitions comme une autre un roman, bien qu'il était incapable de déchiffrer une seule note. Il se targuait d'être mélomane, mais nous parlions en fait peu de musique. Tu étais bien le seul de mes ex à pouvoir comprendre et mesurer l'obsession empiétant sur ma vie depuis mon enfance.

Vers l'âge de quatre ans, alors que ma sœur chantait faux et s'intéressait plus aux poupées qu'au solfège, je me délectais de mes leçons de piano. Je me souviens d'avoir passé des heures à rejouer d'oreille tout ce que j'entendais. Quand je prenais cet air lointain, Mathilde comprenait aussitôt que je n'étais pas prête à jouer. Elle allait se plaindre à notre mère.

— Margaux est encore dans son piano. Elle l'écoute dans sa tête, et elle n'entend rien d'autre.

Mon professeur de piano, Mlle H., demanda un jour à voir mon père et ma mère. J'avais cinq ans.

— Votre fillette est douée, leur annonça-t-elle avec révérence. Elle a une oreille extraordinaire. Je n'ai jamais entendu un enfant si jeune jouer un prélude de Bach ainsi.

Assise en tailleur à ses pieds, je jouais avec ma longue natte rousse. Je me souviens encore du regard interloqué que mes parents – dont aucun n'était musicien – posèrent sur moi. Forts des conseils avertis de Mlle H., ils laissèrent la part belle à la musique dans mon existence de petite fille.

C'est à quatorze ans que je compris ce que je voulais faire de ma vie. Au Conservatoire, notre maître eut un jour du retard, alors que nous devions répéter un concerto pour piano avec l'orchestre des jeunes. Pendant sa longue absence, je m'amusai à diriger mes camarades, debout devant eux à agiter les bras.

Au début, il s'agissait d'un jeu. Tout le monde riait, et moi de même. Mais tandis que mes gestes devenaient plus précis, mes volontés plus claires, que ces jeunes instrumentistes semblaient réagir à mes ordres, que j'entendais la musique se plier avec une docilité surprenante à mes exigences, je me rendis compte tout à coup que c'était là ma vocation : être chef d'orchestre.

Après avoir décroché à quinze ans un premier prix de piano, j'étudiai la direction d'orchestre au Conservatoire. Il n'y avait pas de filles dans ma classe, et on me considérait comme une bête curieuse. À vingt ans, j'obtins à ma grande joie – ainsi qu'à ma stupéfaction – non seulement mon prix de direction au Conservatoire, mais aussi le premier prix du Concours international de jeunes chefs d'orchestre.

À l'époque, tu présidais – tout en poursuivant la brillante carrière que l'on connaît – la villa Médicis à Rome, qui accueillait pour deux ans, musiciens, artistes, historiens d'art, écrivains et cinéastes dans un cadre splendide.

Loin de toi l'idée de convier académiciens studieux ou universitaires poussiéreux à des séminaires ronflants. Tu clamais haut et fort ton souhait de «jeunesse, la vraie», chahutant dans le parc paisible de la Villa, et dont tu pourrais entendre les rires joyeux de ton grand bureau à l'étage.

Recrutée parmi des centaines de candidats triés sur le volet, j'appris un matin qu'on m'avait choisie pour passer deux ans à la villa Médicis afin de poursuivre mes études musicales sous le haut patronage du grand – du très grand ! – Maximilian U.

Dois-je te rappeler ce que l'on disait déjà de toi il y a vingt ans ? «Adulé ou haï, Maximilian U. est sans aucun doute la figure la plus marquante de la direction d'orchestre du XXe siècle. Son talent n'est égalé que par son sens médiatique et sa personnalité.» Ma parole, tu rougis ? Je ne t'en croyais pas capable.

J'ai retrouvé une photographie de moi prise dans les jardins à l'italienne de la Villa. Regarde donc. Tu m'as connue ainsi ; le visage constellé de taches de rousseur, les genoux ronds, les mains potelées. Comme j'étais jeune ! Et comme cela me paraît loin...

Te souviens-tu de notre première rencontre ? C'était, je crois, dans la loggia. Nous venions d'arriver par un de ces après-midi étouffants de chaleur dont Rome a le secret, et la fraîcheur de la véranda était un bonheur.

De mes compagnons de fortune, il y avait là, entre autres, un violoniste prodige adolescent, une jeune fille qui avait obtenu un prix pour son premier roman, un sculpteur, et Jérôme V., ténor, notre aîné puisqu'il avait la trentaine, devenu depuis fort célèbre.

Je connaissais déjà les traits de ton visage émacié, l'allure de ta silhouette longiligne, pour les avoir souvent vus à la télévision. Le timbre de ta voix, ainsi que ton accent allemand m'étaient également familiers. Je savais ce que tous savaient de toi : que tu étais le plus grand des chefs d'orchestre (certains diraient même le plus mégalomane...), que tu avais soixante-dix ans, trois divorces, et que tu aimais par-dessus tout Beethoven, Bach et les femmes. Tu te considérais comme un mythe vivant ; je t'accorde que tu n'avais pas entièrement tort. L'idée que j'allais serrer la main capable de dompter les plus prestigieux orchestres du monde, et vivre vingt-quatre mois à tes côtés me paralysait, et je me tenais à l'écart des autres.

Lorsque tu fis irruption dans la loggia, vêtu d'une redingote en lin noire et d'un pantalon sombre, ta haute stature me surprit. Je ne m'attendais pas à ce que tu sois si grand. Droit comme un « i », tu devais courber la tête afin de ne pas la cogner en franchissant le porche. D'emblée, je fus frappée par la luminosité de tes yeux, étonnante chez un vieux monsieur (pardonne l'insolence de la jeunesse !).

Après quelques paroles de bienvenue, tu nous gratifias de ce fou rire contagieux qui nous fit tous glousser à notre tour. En contemplant la démesure de ton sourire, étourdie par ta vitalité, j'ai dû avouer que tu ne faisais pas ton âge ; puis, lorsque tu dirigeas ton regard sur moi, je réalisai que tu étais l'homme le plus séduisant que j'avais jamais rencontré.

Je n'étais plus vierge. Après quelques encouragements de ma part, un ami d'enfance s'était chargé, le soir de mes dix-sept ans, de me débarrasser d'un état que je jugeais encombrant. Le jeune homme, qui s'appelait Christophe – on n'oublie pas le prénom du premier – se montra empressé et gourd.

Je ne connus ni vertige, ni plaisir. Quelques petits amis avaient suivi, certains plus doués que d'autres, mais je ne me sentais toujours pas femme. Je me doutais que la raison de cette immaturité venait du fait que je n'avais jamais aimé. Tant de choses m'étaient encore inconnues. Élevée dans un milieu modeste, j'avais peu voyagé ; je ne savais rien de la vie, des hommes, du monde, et il n'y avait que la musique qui me faisait vibrer.

Essaye d'imaginer, Max, ne serait-ce qu'un instant, l'euphorie d'une gamine plongée dans un univers chargé d'histoire, de beauté, et de luxe. Rome la rieuse me tendait des bras riches de promesses. Et toi, avec la gourmandise qui te caractérise, tu avais déjà repéré la rouquine qui faisait bande à part.

Durant une de ces nuits d'amour dont le souvenir ne m'a pas quittée, où les fenêtres ouvertes de ta chambre laissaient entrer une brise qui caressait nos corps nus, tu m'as murmuré ces mots précis :

— Dès l'instant où tu as posé les yeux sur moi, et que j'ai ensuite vu ce que tu étais capable de faire d'un orchestre, j'ai compris deux choses. La première, que je contemplais une artiste exceptionnelle. La seconde, que tu allais me faire perdre la tête.

« *Bach Werke Verzeichnis 243, D-dur* comme dur dur », me suis-je dit ce matin en fermant les yeux de lassitude, et en pensant à toi, car l'expression était la tienne ; j'entends encore ton accent alémanique marteler les lettres « BWV », abréviation du catalogue thématique des œuvres de Bach.

Hans D., le ténor, et Hélène K., la contralto, en étaient à leur énième *Et misericordia,* sans ferveur, sans saveur. La matinée s'éternisait ; chacun semblait vidé de toute vitalité. Un flûtiste somnolait derrière sa partition.

La descente chromatique de la basse (très comparable, ne trouves-tu pas, à celles du BWV 232 et BWV 78 ?) s'abîmait sous l'archet lourd de Daniel T., habituellement aérien. Je l'observai par-dessus mon pupitre. Le jeune homme regardait au loin, bougon. Il était de mauvaise humeur, et pour avoir déjà travaillé avec ce brillant contrebassiste, je savais qu'il fallait le laisser tranquille.

Je m'inquiétais davantage d'Hélène et de Hans. Techniquement, tout y était, à part le continuo désastreux de Daniel. Les tempi étaient justes, belle ampleur d'Hélène à *Eius a progenie,* élan limpide de Hans sur *Timentibus eum...* Lorsque Hélène chantait en solo *Esurientes,* et Hans, de son côté, *Deposuit poternes,* leurs voix étaient chaudes, pleines, riches, comme je les souhaitais. Pourquoi alors ne parvenaient-ils pas à chanter ce duo correctement ?

En demandant que l'on reprenne une fois de plus, je fixai Daniel T. du regard, tandis qu'une lueur malicieuse que tu connais bien s'allumait dans mes yeux. J'attrapai les mains des deux chanteurs, collai leurs quatre paumes ensemble, poussai le ténor contre l'alto jusqu'à ce que le front bombé d'Hélène effleurât le menton barbu de Hans, cachai leurs partitions – « Vous n'en avez pas besoin ! » – et me plaçai derrière eux, baguette à la main.

— Rapprochez-vous, que diable ! Ferveur et communion !

Hélène avait rougi. Elle ferma les yeux, gênée de la proximité de l'imposant Hans, de la chaleur qui se dégageait de ses mains osseuses. Elle sentit son souffle sur le haut de son crâne, et faillit oublier de partir au bon moment. Hans, amusé de voir la distante Hélène se troubler, s'approcha davantage, et Daniel T., diverti par ce spectacle étonnant, retrouva sa grâce coutumière.

Les voix éclatèrent, célestes. Hélène garda les yeux fermés. Le deuxième *Et misericordia* s'envola. Je retins ma respiration, scrutant les deux profils se faisant face, les deux bouches ouvertes, les quatre mains accolées, en m'étonnant comme toujours du pouvoir mystérieux de la musique, capable de métamorphoser ainsi un visage banal pour le rendre sensuel et lumineux. Hélène, traits sévères gommés par un éclat ardent, captait les vibrations du timbre de Hans au travers de leurs doigts soudés ; Hans interceptait la tessiture voluptueuse d'Hélène par leurs ventres qui se frôlaient.

Ils chantaient en osmose, pour la première fois. Basse et cordes s'éteignirent en douceur ; le dernier accord subsista, suspendu dans l'air, frémissant de beauté. Il y eut un silence dans la salle. Puis tous les musiciens applaudirent. Hélène, ouvrant enfin les yeux, sourit, éberluée. Hans ne lâcha pas ses mains. J'ai lancé un clin d'œil vers Daniel T.

Plus tard, le jeune homme me confia :

— J'avais l'impression de les voir faire l'amour.

Je crois que tu m'aurais dit la même chose.

L'attraction qui naquit entre nous ne facilitait en rien le déroulement des activités journalières de la Villa. D'abord, il fallut faire comme si ce trouble n'existait pas. Feindre l'indifférence.

Ma mère, en me déposant à la gare le soir de mon départ, s'était approchée de moi pour chuchoter :

— Méfie-toi des jeunes Romains, ma fille. Ils n'ont qu'une idée en tête. Coucher.

Comment lui avouer que les autochtones fougueux m'inspiraient bien moins d'émoi que l'illustre maître des lieux, lui qui n'avait rien d'italien, et de surcroît l'âge de mon grand-père ?

Il s'est dit beaucoup de sottises sur notre amour. La liaison entre un septuagénaire réputé pour sa libido infatigable et une jeune fille, possédait de quoi défrayer la chronique. Cela m'a peu inquiétée. Je t'aimais. Et la force décuplée de l'amour que tu me rendais me plaçait hors d'atteinte des ragots.

Te souviens-tu que, malgré les insinuations dont nous fûmes victimes, nous n'avions pas cédé si vite à l'appel de la chair ? Le travail nous attendait. C'était, après tout, l'objet de mon séjour, la raison pour laquelle je fus invitée, avec une poignée d'autres heureux élus, à découvrir la Villa.

Pendant ces semaines initiales, il fut question de travail. Dans un premier temps, je regardais des enregistrements de tes répétitions. Perché sur le rostrum, tu paraissais encore plus grand ; j'aimais te voir te baisser d'un cran, afin de suivre ton soliste au piano. À d'autres moments, tu m'écoutais diriger, parler d'une œuvre. Tu étais, lorsque cela s'avérait nécessaire, un critique impitoyable.

— Nul, me dis-tu un jour, après ma vision scolaire d'une partita de Bach que je te jouais au piano. C'est terne, c'est pâle ! Il te faut de l'audace, on s'endort, on s'emmerde. (Dès le début, tu nous as tutoyés.)

J'encaissai la réprimande, le menton fier mais le regard embué. Tu avais raison. Debout près de la fenêtre, tourné vers moi, tu m'as regardée quelques instants.

Puis il y eut cette mémorable tirade :

— Pauvre Johann Sebastian ! Ne crois-tu pas qu'on l'a assez martyrisé pendant presque trois siècles, à force de stéréotypes abusifs ? Cesse donc de le jouer en prière, comme une vieille dévote agenouillée dans une église obscure. Cela ne le rendra pas moins touchant. Bouscule-le, notre vieux cantor de Leipzig. Il aime cela, je te l'assure. Comprendre et aimer Bach, c'est comme être capable de faire un pet dans la chapelle Sixtine. Ne te laisse jamais envahir par la pudeur, sinon tu lui donneras une résonance figée qu'il n'aurait sûrement pas souhaitée.

Non, je n'ai pas oublié ce que tu m'as dit ce jour-là. Et je n'ai plus jamais dirigé Bach en prière.

J'interromps quelques instants le flot de ces confessions italiennes pour te dire que j'ai réussi à joindre Manuel. Ce monsieur prisé est sur liste rouge ; j'ai dû soudoyer une connaissance afin d'obtenir ses coordonnées. Il n'habite plus la Côte basque, mais la Côte d'Azur. Le téléphone a sonné longtemps, puis j'ai laissé un message sur un répondeur où figurait une voix méconnaissable. Il a rappelé ce matin, alors que je partais répéter.

Je ne te cache pas que cela m'a troublée d'entendre sa voix. Les années l'ont rendue plus grave encore, plus voilée. Infiniment séduisante. Il m'a dit être libre pour le 28 octobre. Alors, j'ai précisé qu'il fallait venir seul. Il y eut un silence. Sais-tu ce qu'il m'a répondu sur un ton pince-sans-rire ?

— J'avais prévu de le faire.

Une question me brûlait les lèvres. Était-il encore marié à Mia ? Il me faudra attendre le 28 octobre pour le savoir.

Nous reviendrons à Manuel plus tard, comme promis. Pour l'heure, montons les marches en travertin de l'escalier de la T., en nous frayant un passage à travers touristes et jeunesse romaine. Arrêtons-nous devant la casina R., au pied de l'escalier. Je sais que les hommes ont peu de mémoire pour ces détails, mais te souviens-tu que c'est là que nous nous sommes embrassés pour la première fois ?

Un mois ou deux après ma venue, tu avais insisté pour m'emmener visiter le petit musée consacré aux poètes romantiques. C'est ici, me dis-tu, que mourut Keats à vingt-cinq ans. Mes connaissances littéraires étant à cette époque plus limitées qu'aujourd'hui, je t'ai avoué que je n'avais jamais entendu parler de Keats. Tu me contemplas avec une certaine indulgence – n'étais-tu pas déjà amoureux ? – pour dire :

— Pas grave. L'important, c'est d'intercepter l'essence de l'âme qui s'est envolée par cette fenêtre.

Debout derrière moi, tu regardais par-dessus mon épaule la chambrette remplie de souvenirs, lettres, mèches de cheveux, recueils, bibelots, où le poète tuberculeux rendit son dernier soupir. Je peux à présent te confier que nul esprit ne me sollicita. Je m'efforçais de rester calme face à ta proximité.

Tu as dû te rendre compte de mon affolement, car à peine sortis de cette pièce morbide
se prêtant peu à un interlude sensuel, tu saisis
ma nuque de ta grande main pour me plaquer
contre toi, sans un mot. Dans le fond de tes
prunelles grises, je vis poindre le désir, ainsi
qu'un soupçon d'humour.

Si ma mémoire est bonne, c'est moi qui, en
premier, t'ai tendu les lèvres.

Figure-toi que je suis retournée, il y a
quelques années, à la casina R., et l'esprit de
Keats (qu'entre-temps j'avais lu avec délectation)
m'effleura comme une plume légère ; je l'imagi-
nai sur son lit, si jeune, les poumons remplis de
sang.

— *Don't be afraid!* murmura-t-il à son compagnon, sentant arriver la mort sur lui comme
un rapace noir.

Mais c'est ton âme que j'aurais aimé capter
ce jour-là, et le souvenir de ce premier baiser,
échangé à l'ombre de la dernière demeure d'un
poète anglais, au pied d'un escalier de cent
trente-huit marches.

Après ce baiser, il me semble que je ne t'ai pas résisté longtemps. Je me souviens d'un dîner dans un restaurant près de la fontaine de T. où tu déployas l'arsenal de ton charme.

Malgré le demi-siècle qui nous séparait, tu ne m'as jamais traitée comme une petite fille, et avant même d'être ton amante, je me suis sentie adulte pour la première fois en ta compagnie. J'avais appris depuis peu à lire dans les yeux d'un homme, ainsi je compris vite que je te plaisais. Mais par-delà l'envie que je t'inspirais, il y avait l'intérêt que tu me manifestais, cette bienveillance qui m'a guidée lors de mes débuts de jeune chef. C'est grâce à toi que je connus d'autres grands maîtres, chanteurs et solistes, pour travailler et apprendre à leurs côtés. Ton nom fut mon sésame ; les portes fermées pour tant d'autres s'ouvraient en grand pour moi. J'ai mûri dans ton ombre, mais c'est toi qui m'as poussée vers la lumière.

Il n'a pas suffi d'être « pistonnée » pour réus-

sir. Sous ta tutelle, et après, j'ai travaillé sans
relâche. Il me fallait encore trouver mon style,
apprendre comment donner à un orchestre la
« couleur » voulue : une sonorité plus ou moins
brillante, des cordes moelleuses, des bois lim-
pides ; comprendre comment respecter les phra-
sés et les volontés d'un compositeur, obtenir
une densité sans lourdeur, une légèreté frôlant
la transparence ; et tant d'autres choses que je
souhaitais entendre et ne parvenais pas à « faire
passer » à mes musiciens.

— C'est toi le capitaine du bateau, disais-tu.
Dis adieu au *Konzertmeister* du XVIIIe siècle qui
dirigeait de son archet une poignée d'instrumentistes. Un jour, tu auras cent trente-cinq
musiciens à guider. Un orchestre, c'est comme
une ville, c'est tout un peuple ! Ne te laisse pas
emporter à la dérive par ton navire. Maintiens
ta barre. Méfie-toi, il arrive que le thème initial se noie dans la tempête. Écoute. Transmets.
Maîtrise.

J'ai gardé la lettre que tu m'avais envoyée
après mon premier concert. De temps en temps,
je la relis, pour le plaisir de contempler ta belle
écriture qui ressemble à des notes : tes « s »
sinueux en clefs de *sol*, tes « p », « j », « g », poin-
tus comme des croches, tes « c » bouclés en clef
d'*ut*.

Margotine,

J'ai entendu tes BWV 1066 et 1069. Bien. C'était bien. Tu es jeune encore, la fluidité viendra plus tard, le phrasé plus ample aussi. La rage est là, ancrée, viscérale, et le refus de l'à-peu-près également. Laisse-les grandir, mûrir en toi.

Tu as compris l'objectif premier : faire le mieux possible, voilà ton ambition dans toute sa modestie. La volonté, le talent, le désir de vaincre, te serviront à peu de chose. Nourris-toi de ce frisson interne que tu ne puis expliquer, et qui est la fibre même de ton être. On ne devient pas musicien, on naît musicien. Je n'ai aucun doute sur ton avenir. Poursuis ta destinée avec l'opiniâtreté que je te connais.

D'un chef, les musiciens disent toujours que, dès le premier regard, ils savent qui de lui ou d'eux sera le Maître. Tu es femme, la tâche sera d'autant plus rude pour toi. De surcroît, tu devras faire oublier que tu ressembles à un archange de Rossetti.

Je t'embrasse,

Max.

Lors de ce premier dîner en tête à tête, je t'ai posé mille questions. Tu te laissais faire, amusé. J'appris que tu étais suisse, et non allemand comme je l'avais cru, et que tu venais d'un petit village perché sur le flanc d'une montagne des Grisons. Ton père y était médecin ; ta mère s'occupait de la maison et faisait des enfants. Tu avais neuf frères et sœurs.

Sais-tu que depuis ta mort, ton petit bourg est devenu célèbre ? Il paraît que l'on peut visiter le chalet en bois foncé et aux volets rouges où tu vis le jour. Des géraniums fleurissent encore aux fenêtres. Un immense domaine skiable a été aménagé, et dès la tombée de la neige, les fous de la glisse débarquent en masse. Même des têtes couronnées viennent goûter aux joies de la poudreuse. Les ruelles que tu as dû connaître si calmes, sont chaque hiver envahies par une espèce bariolée à la démarche lourde et aux grosses bottes. Nostalgique des peaux de phoque avec lesquelles tu grimpais la montagne à la sueur de ton front, tu n'aurais pas apprécié ces innovations.

Avec en fond sonore le ruissellement des célèbres fontaines (où je m'attendais à voir folâtrer l'actrice Anita E. vêtue de sa robe noire), je dus à mon tour me soumettre à un interrogatoire serré. On parle de soi et de sa famille avec maladresse, à vingt ans.

En cherchant mes mots, je t'ai raconté mon enfance, mon adolescence dans une banlieue, puis je t'ai dressé avec le peu de recul que l'on possède à cet âge, le portrait de mon père, enseignant, de ma mère, femme au foyer, de ma sœur aînée, qui venait de se marier, sans oublier mon petit frère, encore parmi nous. Tu m'écoutais, très attentif.

Je te laisse un instant, car le téléphone sonne.

C'était Pierre, bougon comme à l'accoutumée, trouvant ridicule que je veuille faire un dîner pour fêter un an de plus. Sa mauvaise humeur s'accentua lorsque je lui précisai qu'il ne pouvait emmener Vanessa, sa petite amie.

— Un dîner d'hommes ? Sans moi.

Martin m'a servi de prétexte afin d'attirer son père récalcitrant. Pierre sait bien qu'il ne voit pas assez son fils à cause de ses nombreux déplacements. Venir dîner serait l'occasion de l'embrasser, de lui raconter une histoire avant de le coucher.

Mon plan a fonctionné. Il viendra. Si je me demande parfois pourquoi j'ai épousé cet homme, je sais en revanche pour quelles raisons nous sommes séparés. Mais il s'agit là d'un autre épisode de ma vie amoureuse que je te dévoilerai plus tard…

Je suis restée sous ton charme le temps de ces deux années « romaines ». J'étais jeune. À cet âge-là, on se contente de regarder le temps s'écouler, béate d'amour. On compte les nuits passées avec l'homme aimé, on dessine des petits cœurs dans son agenda afin d'immortaliser chaque instant magique. On ne se pose aucune question. La trentaine semble aussi loin que la cinquantaine ; il n'y a pas d'urgence. L'amour avec toi se conjuguait au présent. Je ne regardais pas plus loin que le soir même.

Tu étais un amant magnifique. Jeune fille, je ne m'en rendais pas compte. Emportée par le tourbillon de tes étreintes, j'étais une cantate inédite que tu déchiffrais avec vigueur, et moi qui n'avais connu que de petits jeunes aux caresses hésitantes, tu m'entraînas dans le vertige d'un lacis amoureux.

Mon premier véritable amant. Qu'importe cette différence d'âge qui en a choqué plus d'un ! Tu n'avais rien d'un grabataire ; je me souviens d'une nudité triomphante et d'une tendresse infinie. Au lit, tu me berçais dans tes immenses bras, et je contemplais tes mains rugueuses, tachées par le soleil, posées sur ma peau juvénile. Notre entourage de la Villa se doutait-il de notre amour ? Peut-être. Sûrement. Mais Rome est une ville envoûtante. Eux aussi ont dû s'abandonner à la folie d'une passion.

J'ai longtemps cru que c'est moi qui te devais tout. Imagine ma stupeur – et mon bonheur ! – en découvrant dans la biographie récente qui t'a été consacrée, ces mots : « Maximilian U. et la jeune Margaux L. se sont connus à la villa Médicis à Rome en 197... Quelque temps avant son décès, le maestro dira de sa jeune élève promise à une grande carrière : "Elle fut la musicienne prodige, la jeunesse éblouissante, la femme aimée. Mais moi, j'étais à la fin de ma vie, et elle, au début de la sienne. Je devais la laisser s'envoler." »

Alors que je t'écris ces lignes, l'amertume m'envahit. Tu me manques, Max. Ma jeunesse aussi. Tu dois t'amuser de m'entendre me plaindre des années envolées, toi sur qui le temps n'a jamais eu d'emprise. Mais afficher ton indifférence m'est impossible.

C'est à trente-cinq ans, à la naissance de

Martin, à la mort de Vincent, et avec l'apparition de quelques cheveux blancs, que j'ai su
mesurer avec précision la fuite du temps ; les
semaines tronquées, les années qui semblent
raccourcir, les étés qui se confondent à force
de se ressembler, et Noël qui revient toujours
trop vite. Je n'ai pas besoin d'une montre, d'un
calendrier ou d'un sablier ; à mon insu une hor-
loge a germé en moi, et avec elle, la certitude
qu'une existence se résume à un passage éclair
sur terre. Pessimisme ? Fatalisme ? Appelons
cela lucidité. Ma vie et la musique que j'interprète s'en trouvent teintées.

Me voici arrivée à la fin de notre histoire. J'ai
dû quitter la Villa, remplie de chagrin. Mais en
dépit de ta tristesse, tu savais déjà, vieux renard
rusé, que tu m'avais forgé les armes nécessaires
pour le restant de ma vie.

Plus j'avance dans la vie, plus les instants qui suivent l'apothéose d'un concert me sont pénibles. Un alanguissement m'envahit, comme celui qui vient parfois après l'amour. Je rêve souvent de filer à l'anglaise dès la fin des rappels. Cela t'arrivait-il ?

Après le concert clôturé par le *Magnificat*, je restai en coulisse avec musiciens, solistes et les fidèles qui viennent me retrouver pour m'offrir des fleurs, sachant qu'aucun d'entre eux n'aurait compris mon absence. Maintenant que j'avais mené à terme ce projet, une seule chose m'importait : prendre du repos avant le prochain concert, et consacrer ces quelques jours de détente à Martin.

Le dernier instrumentiste s'en alla enfin ; je signai un ultime autographe, embrassai un ami, et me sauvai. De retour chez moi, cette solitude m'a semblé si pesante que j'ai voulu l'évincer en t'écrivant à nouveau. Je pensais aux chanteurs et musiciens que j'avais fait travailler ces derniers jours ; après le concert, tous avaient dû rentrer chez eux, partager leurs impressions avec la personne proche de leur cœur.

À défaut d'homme dans ma vie, voudrais-tu bien continuer à être mon confident privilégié ? J'ai l'impression, en prolongeant cette longue lettre, d'estomper mon isolement, comme si je redevenais une adolescente se confiant à un journal intime.

M'as-tu fait l'honneur de suivre mon *Magnificat* ? Il m'a semblé, à un moment, flairer ta présence. Quel bonheur, ce chœur ! Étincelant pour *Omnes generationes*, éclatant pour *Fecit potentiam*, exactement ce que je désirais.

En revanche, je suis moins contente de l'emphase de certains solistes – ne citons pas de noms ; ton oreille infaillible a dû les discerner –, et d'un manque de clarté à la quatrième mesure du *Gloria.* Ce fut, malgré tout, une belle aventure, un bon travail d'équipe.

Je suis rarement satisfaite d'une représentation. Un détail, même infime, voilera mon bien-être. Cette soif d'une perfection toujours déçue s'applique également – hélas ! – à ma vie sentimentale. Si chaque homme aimé fut « une belle histoire », le bonheur s'entête à me fuir. J'en ai donc tiré une conclusion : si le concert parfait n'existe pas, l'homme parfait non plus. (Ni la femme parfaite, dis-tu? Tu n'as pas tort…)

J'aurais aimé tomber amoureuse d'un pot-pourri de vous trois; un homme fatal qui posséderait ton génie musical, l'esprit étincelant de Pierre, l'élégance et la sensualité de Manuel. Existe-t-il? Non, bien sûr. Il n'est que chimère. J'ai passé l'âge des illusions.

À qui ressemblera mon prochain amant? Peut-être ne sera-t-il qu'un de ceux qu'on étreint un soir pour regretter le lendemain. Tu es bien la preuve que l'on peut chavirer d'amour, passé la première jeunesse. Mais la lucidité dont je te parlais semble avoir occulté chez moi tout élan. Oserai-je te confier, à la veille de mes quarante ans, qu'après trois passions, une série d'aventures, un enfant, un mariage et un divorce, j'ai l'impression d'être blasée?

Je sens que tu n'apprécies pas la teneur de mon discours et que tu menaces de t'en aller. Alors, pour te retenir, pour t'amadouer, voici dans sa version intégrale, l'histoire de Manuel. Avant de céder à quelque commentaire grivois, rappelle-toi que j'y ai laissé des plumes.

Manuel

Imperioso senza

Il est des parfums frais comme des chairs d'enfants,
Doux comme les hautbois, verts comme les prairies
  – Et d'autres, corrompus, riches et triomphants.

Charles Baudelaire, « Correspondances ».

Je préfère au constance, à l'opium, au nuits,
L'élixir de ta bouche où l'amour se pavane.

Charles Baudelaire, « Sed non satiata ».

Longtemps après, j'éprouve encore un léger malaise en évoquant Manuel.

Son abondante chevelure poivre et sel doit à présent être blanche comme neige. Lorsque je l'ai connu, il venait d'atteindre la cinquantaine ; obsédé par la peur de vieillir, il n'avouait pas son âge, et je me souviens qu'il était fier de sa silhouette de jeune homme et de l'éclat de ses yeux clairs. Il fallait s'approcher de près afin de discerner les rides sillonnant son visage toujours hâlé ; et de plus près encore pour découvrir la teneur de ce regard trompeur.

Manuel et sa femme Mia habitaient les abords de B., dans une grande villa années trente qui surplombait la mer. Je me demande si cette maison existe toujours ; peut-être a-t-elle été rasée par des promoteurs gourmands, ou divisée en appartements et studios, comme tant d'autres. Et qu'est devenue la piscine ovale dans laquelle Mia se baignait nue ?

À vingt-quatre ans, l'orchestre philharmonique de B. me proposa un contrat de trois mois, que j'acceptai. Je partis vivre là-bas. Chaque matin, je me rendais à l'Opéra où se tenaient les répétitions. Un autre jeune chef, Stéphane R., m'aidait à monter le programme, que j'ai gardé en mémoire puisqu'il s'agissait d'un de mes premiers concerts.

Une sonate de Schmelzer, une chaconne de Vincentello, un divertimento de Bononcini pour la première partie ; la deuxième comprendrait la BWV 1034, en *mi* mineur, une sonate de Frescobaldi, suivie d'une suite de Marais. Comme instrumentistes, Sophie I., Claude H. et Françoise de B. s'imposaient à la flûte à bec, Marina M. au clavecin, Juliette O. au traverso. Stéphane insistait pour que je prenne Charles F. au théorbe. Je n'étais pas d'accord, le trouvant terne, sans profondeur ; je lui préférais Louis J. qui malgré une technique parfois défaillante, se montrait plus sensible et qui depuis, a pris l'essor que l'on sait.

Ce fut à cette époque que je fis la connaissance d'Isabelle T., gambiste virtuose, petite femme ronde au visage enfantin. Depuis, elle est devenue une amie.

Je me souviens de la première fois que je vis Manuel et sa femme. Je dînais en terrasse avec Stéphane et Isabelle ; il faisait bon, les gens flânaient dans les rues, et nous parlions du concert à venir.

Au loin, je vis deux silhouettes fendre la foule des passants ; lui d'abord : élancé, élégant, cheveux gris coiffés en arrière ; elle ensuite à son bras, une robe rose mettant en valeur chaque courbe de son corps. D'origine scandinave, elle possédait la haute stature des femmes du Nord, des yeux bleus et de courts cheveux platine. Ils formaient un couple superbe. Isabelle me vit les regarder. Elle s'approcha de mon oreille pour chuchoter :

— Manuel et Mia N.

Stéphane admira la jeune femme blonde. Pas un regard mâle n'avait su résister à l'appel de sa croupe. Tandis qu'ils s'éloignaient, Stéphane leur trouva l'air malsain. Isabelle nous apprit qu'il s'agissait d'un riche banquier et de son épouse, personnalités respectées de la ville car elles apportaient un soutien financier à bon nombre de concerts. M. et Mme N. possédaient une belle villa sur les hauteurs et ne manquaient jamais un événement culturel.

Selon Isabelle, je ne devrais pas tarder à faire leur connaissance.

Isabelle avait raison. Je n'attendis pas longtemps pour rencontrer Manuel et Mia N. Le soir du concert, on ne voyait qu'eux dans la loge d'honneur de l'Opéra. Elle portait une robe en dentelle qui dévoilait presque son anatomie, et même de loin, on devinait l'éclat de sa bouche écarlate. Lui, sobrement élégant dans un smoking noir, lisait le programme. Un autre couple les accompagnait qu'on ne remarquait pas tant les N. étaient éblouissants.

En rentrant chez moi après le concert, je découvris devant la porte un bouquet de fleurs, et ce mot :

Merci de votre superbe talent. Venez nous rejoindre demain soir pour un souper aux chandelles avec quelques amis musiciens…

Mia et Manuel N.

Villa Irrintzina
Promenade des Falaises

Comment résister à cette invitation ? Et comment oublier la robe qu'elle portait ce premier soir, un fourreau en satin lie-de-vin qui dévoilait des épaules dorées ?

— Quel bonheur que vous soyez venue ! chanta Mia.

Inoubliables également, son sourire accueillant et sa façon charmante de m'offrir deux mains bronzées.

La villa Irrintzina surplombait la mer, et la rumeur des vagues montait jusqu'à nous. Le clair de lune éclairait la haute bâtisse à colombages, les jardins aux hortensias touffus, et une grande piscine. Manuel nous attendait sur la terrasse quadrillée de flambeaux, près d'une table dressée pour trois personnes. C'est alors que je me rendis compte qu'il n'y avait pas d'autres invités en vue.

— Suis-je la première ?

— La première… et la dernière, fit Mia en souriant. Nos amis viennent de se décommander.

Manuel s'approcha et me salua. Son sourire dévoila des dents blanches et parfaitement alignées ; des dents de jeune homme dans une bouche de quinquagénaire. Tout en me donnant une coupe de champagne, il me fit part de son bonheur de m'accueillir chez lui. En captant pour la première fois son regard, je me rendis compte que Stéphane avait raison. Quelque chose se dissimulait derrière ce masque de perfection.

Mia, durant le dîner apporté par un serviteur silencieux, fit tout pour me mettre à l'aise. Elle devait sentir ma gêne face à ce luxe. Drôle et piquante, elle m'arracha malgré moi bon nombre de rires. Manuel nous observait ; il parlait peu et fumait cigare sur cigare. Plusieurs fois, je sentis ses yeux sur moi.

Après le repas, il s'éclipsa. Mia et moi sommes restées sur la terrasse à bavarder et à boire du champagne. Installée à la Récamier sur une chaise longue, elle me raconta son enfance dans son pays d'origine. Vers minuit, je sentis la fatigue m'engourdir. Je fis mine de me lever. Désolée de me voir partir si tôt, elle suggéra un bain de minuit.

Je jetai un coup d'œil à la piscine ovale qui reflétait la lune. Spectacle tentant. Mais je n'avais pas de maillot. Elle rit :

— Ce n'est pas grave ! Moi non plus. Venez.

Je la suivis jusqu'à la piscine. D'un geste souple, elle ôta le long fourreau ; elle ne portait pas de sous-vêtements. Je découvris son corps splendide aux attaches fines.

— Ne soyez pas timide, s'amusa-t-elle. Nous sommes seules.

Hésitante, je regardai vers la maison, alors qu'elle plongeait déjà dans l'eau. Je lui demandai où était son mari ; elle m'informa qu'il était parti se coucher. Rassurée, j'enlevai à mon tour jupe et chemisier. Elle m'attendait, cheveux blonds plaqués sur un crâne joliment rond. Je me glissai dans la piscine. L'eau parut veloutée à ma peau dénudée.

Mia aimait se baigner ainsi pour s'endormir aussitôt comme un bébé. Nous nageâmes assez longtemps, puis elle se hissa hors de l'eau, m'indiquant qu'elle allait nous chercher des serviettes. Elle disparut. Le froid m'envahissant, je sortis de la piscine en grelottant. Devant moi, la villa silencieuse me dominait de toute sa hauteur. Aucune lumière n'émanait des fenêtres.

Au premier, un grand balcon fleuri avançait vers le jardin. Alors que je le contemplais, quelque chose de métallique capta un rayon de lune. Je plissai les yeux. Il me semblait avoir aperçu une silhouette tapie dans l'ombre du balcon. Je reculai, protégeant ma nudité avec mes bras.

Mia réapparut avec des serviettes. Elle avait remarqué mon mouvement brusque et me demanda si tout allait bien. Je ne sus que répondre. Elle suivit mon regard :

— Vous avez vu quelqu'un au balcon ?

Je dis en avoir eu l'impression, mais m'être peut-être trompée. Elle drapa la serviette autour de mes épaules, puis m'annonça que je n'avais pas rêvé ; il s'agissait de son mari. Je me suis figée.

Tout en se séchant les cheveux, elle me raconta comment Manuel aimait admirer de jolies femmes avec des jumelles, et qu'il avait eu raison de me regarder. Elle m'adressa un sourire de connivence ; une longue main dorée vint caresser le creux entre mes seins.

— Vous êtes belle, Margaux. Vous avez de jolies jambes, une taille fine…

Prise de panique, je me rhabillai. Elle eut un rire léger :

— Je ne vais pas vous manger !

Je me sentais ridicule et mal à l'aise. N'osant plus la regarder dans les yeux, je marmonnai que je devais m'en aller, et la remerciai pour le dîner. Toujours nue, la poitrine arrogante, les hanches ondulantes, elle m'accompagna jusqu'au portail où j'avais garé ma voiture.

— À bientôt, me dit-elle. Revenez quand vous voulez.

Pardonne-moi, je t'ai laissé tomber en plein récit… Mon père était de passage et il est resté pour voir son petit-fils. Mes parents ne se sont jamais remis de la mort de Vincent. D'ailleurs je crois, en accord avec ma sœur, que notre mère s'est laissée mourir après le décès de son fils, il y a cinq ans.

Avec les années, les soucis, mon père est devenu ce que tu ne fus jamais : un petit vieux. Hier soir, alors que nous dînions, j'ai pu mesurer le poids des années sur lui. Il s'est plaint de son dos, de sa hanche, de sa vue qui baissait. Et cet homme-là n'a pas soixante-dix ans ! Je l'ai écouté, consolé comme j'ai pu ; puis, j'ai voulu lui raconter mon dîner des ex, pensant le divertir. Figure-toi qu'il a trouvé mon idée idiote et ne s'est pas gêné pour me le dire.

Il a laissé tomber le rôle larmoyant d'un malade imaginaire pour endosser celui du père de famille autoritaire. J'avais l'impression d'avoir quinze ans. Échine courbée, j'ai attendu la fin de la tempête. J'ai eu droit aux réprimandes habituelles : que je n'aurais jamais dû divorcer (à quarante ans, quel homme voudrait de moi avec – en plus ! – un jeune enfant à charge ?), que je voyageais trop, que j'avais un métier de fou, que le petit en souffrait, et que ce dîner des ex n'était que le caprice d'une gamine.

Il est reparti de fort mauvaise humeur. Moi, j'affichais un large sourire. Je préférais cent fois le voir vibrer d'une saine colère, quitte à devoir subir le déversement d'un trop-plein d'énervement, que de souper en face d'un neurasthénique aux propos lugubres.

Comme tu es impatient, Max. J'avais oublié ce trait de ton caractère. Laissons de côté ces anecdotes familiales qui t'ennuient pour reprendre mon histoire. Où en étais-je donc ? Mia nue au portail ? Bien.

Un mois plus tard, à la sortie de l'Opéra, une voiture noire me fit des appels de phares. Je m'approchai. Ma gorge se contracta lorsque je reconnus Manuel. Avais-je le temps de prendre un verre ? J'hésitai. Il eut alors les mêmes mots que sa femme :

— Je ne vais pas vous manger !

Nous allâmes dans le bar d'un hôtel qui donnait sur la Grande Plage ; là, il me demanda de lui pardonner pour l'incident de l'autre soir, espérant ne pas m'avoir blessée. Je rougis en avalant une gorgée de kir royal.

— Acceptez-vous mes excuses ?

Je le regardai enfin. Il n'y avait aujourd'hui rien de pervers dans son regard, seulement une gentillesse attentionnée.

— Oui, murmurai-je.

Il eut un sourire éblouissant.

— J'en suis très heureux. À présent, je vais vous dire la vérité. En fait, c'est un petit jeu qui nous amuse, Mia et moi. Elle aime les femmes. L'avez-vous remarqué ?

Une fois encore, je répondis par l'affirmative. Il se pencha vers moi, baissa le ton d'une octave, et confessa qu'il lui arrivait parfois d'aimer les femmes que Mia aimait. Son épouse et lui ouvraient leur lit à des jeunes femmes comme moi. Une chaleur brûla mon visage ; je perdis pied et toute assurance s'envola. Lorsque je secouai la tête, il fit mine de ne pas comprendre. Je prononçai cette fois « non » à voix haute.

— Soit, fit Manuel, avec un sourire. Permettez-moi de vous poser une question. Ce « non » catégorique, est-il destiné à moi ou à Mia ?

Je balbutiai que c'était non à tous deux. Il s'était levé et me contemplait, mains dans les poches, désinvolte.

— À moi tout seul, vous dites non aussi ? Vous devez aimer les hommes, cela se voit dans vos yeux. Je vous imagine très bien en train de faire l'amour. Vous ne dites rien ? Qui ne dit mot consent. À bientôt.

Il s'en alla avec la grâce létale d'un requin. En le regardant s'éloigner dans le hall de l'hôtel, j'ai eu un pressentiment. Je savais que j'allais aimer cet homme.

J'avais en tête, de façon obsédante, l'adagio du *Concerto pour violon* de Bach en *ut* mineur, que tu aimais tant. Son intensité lancinante me hantait, comme le ballet sensuel du violon et du hautbois, l'un courant après l'autre sans jamais se rejoindre, jouant de l'opposition et de la complémentarité de leurs timbres. Si Manuel était le hautbois, primesautier, narquois et agaçant, moi, j'étais le violon : agacé, alangui, à bout de souffle…

Pendant une semaine, je n'ai cessé de penser à lui. Je suis retournée dans le bar de l'hôtel où avait eu lieu notre dernière conversation et, assise à la même table, l'imaginant devant moi, je retrouvai tout l'aplomb qui m'avait fait défaut.

Quelques jours plus tard, à la sortie d'un concert, j'aperçus sa silhouette parmi la foule. Il était seul et se dirigeait vers sa voiture. Pendant quelques secondes, je restai immobile, le regardant s'en aller ; puis une force inconnue me somma de bouger.

Au moment où il ouvrait la porte de sa voiture, je me suis avancée dans son champ de vision. Il se retourna, me salua avec un petit sourire, sempiternel cigare aux lèvres, et me demanda si j'avais aimé le concert. Je ne me souviens plus de ma réponse, je ne voyais que cet homme me contemplant de ses yeux clairs.

Il me souriait de toutes ses dents, prononçant mon prénom comme une friandise savourée avec délice. J'étais incapable de parler, et il semblait s'amuser de mon silence. Il m'avait hypnotisée comme un fauve fixant sa proie. Savait-il que j'acceptais sans réserve son emprise et que cette subordination m'effrayait autant qu'elle me grisait ? Que lisait-il ce soir-là dans mes yeux ? Que j'étais sienne, avant même d'avoir dit oui, avant même d'avoir goûté au parfum de ses lèvres ?

Manuel allait s'engouffrer dans sa voiture. L'idée qu'il s'en aille me sembla insupportable. À moi de le retenir encore. Mais comment ? En balbutiant, je lui proposai un déjeuner le lendemain. Il rejeta la tête en arrière pour éclater de rire. J'eus envie de disparaître sous terre. C'est alors qu'il s'approcha afin que je sente son souffle sur moi, et l'odeur de ses cheveux mêlée à celle du tabac. Il tira une longue bouffée de son cigare, puis envoya celui-ci d'une pichenette adroite dans le caniveau, tandis que son sourire s'épanouissait, diabolique.

— Déjeuner avec vous, c'est non. En revanche, coucher avec vous, c'est quand vous voulez.

La portière claqua, et la voiture noire s'évanouit dans la nuit. Je restai seule sur le trottoir. Mon cœur battait très fort.

Il te faut comprendre qu'il m'était difficile de résister à quelqu'un d'aussi habile. Manuel avait cinquante ans, le double de mon âge. Depuis toi, si j'ai été attirée par des hommes mûrs, leur physique souvent décati me répugnait. Manuel, lui, paraissait à l'abri de ces désagréments, tout en possédant l'expérience de la vie qui me fascinait.

Je sais à présent que ce n'était pas son passé de séducteur qui m'attirait. C'était son présent d'homme marié, de quinquagénaire qui voyait sa jeunesse s'effriter, le troisième âge tant redouté se profiler à l'horizon, et qui, cédant à l'appel de la chair fraîche, sentait quelque ultime humeur polissonne lui titiller les reins.

Ainsi, lorsqu'il m'invita à dîner quelques semaines plus tard, acceptai-je sans hésiter. Mia, me dit-il, était partie en voyage.

Il m'emmena dans le restaurant le plus cher de la ville, surplombant un petit port de pêcheurs sentant la marée. Je m'efforçais de ne pas avoir l'air impressionnée, mais j'avais la désagréable sensation qu'il devinait chacune de mes pensées.

Je me revois, nimbée de la grâce de mes vingt-cinq ans, raide dans une robe de quatre sous, faisant la fière dans ce décor cossu. Plusieurs personnes le saluèrent de loin, et il esquissait des sourires polis en retour.

Tandis qu'il me caressait sous la table, il parlait de son métier, comme si de rien n'était ; puis il accompagna son jeu de mains de suaves compliments, murmurant que j'étais belle, que ma peau était douce, et des frissons montèrent le long de mes cuisses, faisant ployer mon échine, trembler mes jambes ; je le laissais faire, m'abandonnant à ses doigts sous la nappe damassée, ébahie par son audace et son habileté.

Après le dessert, il prit ma main dans la sienne :

— Vous allez venir avec moi.

Docile, je le suivis. Plus tard, dans l'intimité d'une chambre d'hôtel, il me donna des ordres précis, d'une voix impassible.

— Enlevez votre robe. Gardez vos escarpins. Mettez-vous ainsi. Ne baissez pas les yeux. Regardez-moi. Oui, comme ça.

Je devins de l'argile entre ses mains ; il me manipula comme une poupée, sans brusquerie, avec des gestes calculés. Le vouvoiement qu'il persistait à utiliser me troublait davantage. Pendant l'amour, il n'eut envers moi aucun geste de tendresse, mais cela ne me gênait pas ; j'étais fascinée par son détachement, sa maîtrise, sa manière de me dominer. Je me donnai à lui en tremblant, avec une angoisse mêlée d'un plaisir nouveau.

Même au moment le plus intense, l'instant précis où les hommes ont tous cette grimace de douleur, il ne perdit pas le contrôle de lui-même.

— Qu'en dites-vous, Margaux ? *Fortissimo ?* lâcha-t-il, à peine essoufflé.

Allongée à plat ventre sous lui, vêtue d'un soutien-gorge et de mes chaussures à talons, j'eus l'impression d'être une fille de joie. Honteuse, je m'attendis presque à ce qu'il me jette de l'argent.

Mais il eut un geste surprenant ; il me retourna, tenant à deux mains mon visage, puis m'embrassa sur la bouche. Je crus déceler une certaine tendresse dans le bleu de ses yeux ; enhardie, je balbutiai que je l'aimais.

— Ne dites pas de bêtises, siffla-t-il, cinglant. Rhabillez-vous. Je dois partir.

Déconcertée, il ne me restait plus qu'à obéir.

Mon pauvre Max, comme tu t'étrangles ! Une telle soumission doit te surprendre ; la Margaux de cette histoire est à des années-lumière de la tienne. Mais cette Margaux-là, comme la tienne, a fait de moi ce que je suis aujourd'hui. Impossible de la renier.

Je devins donc la maîtresse d'un homme marié. C'était lui qui décidait de nos rencontres. Le soir, en rentrant de l'Opéra, j'attendais près du téléphone. Je recevais des appels laconiques : «Hôtel E. Chambre 202. Mardi, quinze heures. » Et je m'y rendais. Sous mes tailleurs stricts, je portais la lingerie fine qu'il m'achetait.

Manuel faisait de moi ce qu'il voulait. Jamais je ne m'étais autant soumise à un homme. Jamais un homme n'eut une telle emprise sur moi.

Un soir, alors que nous étions amants depuis quelques mois, il me donna rendez-vous dans un hôtel de Saint-J. Lorsque j'arrivai, il m'attendait dans la chambre.

— Déshabillez-vous.

J'obéis. J'aimais l'arrogance de cette voix autoritaire, tout en la craignant.

— Allongez-vous sur le lit.

Il attacha un bandeau autour de mes yeux. Je me laissai faire. Puis il me prit d'une façon brutale et rapide, pas comme à l'accoutumée. Le plaisir, habituellement au rendez-vous, s'esquiva. Une sensation étrange s'empara de moi. Désorientée, je sentis alors des mains sur mon corps. Elles me caressèrent avec douceur. Ce n'étaient pas celles de Manuel. Je reconnus leur finesse et leur parfum sans peine ; il s'agissait des mains de sa femme. Une colère noire effaça toute soumission. Je tentai de me relever.

— Laissez-vous faire, glapit Manuel, me plaquant sur le lit. Vous en avez envie.

J'arrachai le bandeau pour découvrir Mia nue, cambrée sur les draps froissés.

— Je ne te plais pas ? demanda-t-elle.

Je lui précisai que c'était son mari qui me plaisait, pas elle. Sa bouche s'envenima. Notre petit jeu était terminé, j'avais assez profité de son mari ; il me fallait maintenant choisir. Soit j'acceptais sa présence, soit je devais partir. Je décidai de m'en aller. Manuel ne dit rien. Mia se leva, blanche de rage. Elle m'ordonna de décamper et de ne jamais tenter de les revoir.

Je rentrai chez moi. Le miroir de la salle de bains me renvoya un visage défait.

Le pire était que j'aimais cet homme ; je l'aimais d'un amour étrange qui me faisait mal. Ce n'était pas comme avec toi ; cela n'avait rien de notre complicité auréolée de soleil et de joie de vivre ; il s'agissait d'une passion noire et violente à laquelle je me soumettais en ravalant toute fierté. J'avais besoin de lui comme une droguée de sa dose, et plus il se montrait distant, plus je le désirais. Entraînée dans une spirale infernale, je n'aspirais qu'à être sa chose, son esclave. En me pliant à ses volontés, je renonçais à mon amour-propre et à ma dignité, et cette perte d'identité m'envoûtait.

J'ai fui la ville, meurtrie, du jour au lendemain. Heureusement, mon contrat arrivait à son terme. Petit à petit, la vie a repris son cours. Mes blessures ont guéri. Le travail m'attendait. Un grand chef, Karl R. (un de tes disciples), me voulait comme assistante à l'Opéra de C. Avec joie, j'acceptai cette proposition. J'ai connu d'autres hommes, sans tomber amoureuse. Ma vie paraissait remplie.

Puis un jour, huit mois plus tard, sans crier gare, alors que je pensais m'être remise de cette histoire, Manuel refit irruption dans ma vie. Sur le pas de ma porte, en rentrant un soir, je trouvai ce mot :

Chère Margaux,
Je suis de passage pour quelques jours. Accepte-riez-vous de me revoir ? Je désire vous présenter

mes excuses. Ne les refusez pas, je vous en conjure.

Votre, Manuel N.

J'ai senti monter en moi le mélange d'effroi et de désir que cet homme m'inspirait. Je jetai la carte au panier, la tenant entre le pouce et l'index comme une chose pestiférée.

Ce soir-là, je devais retrouver après une répétition le jeune musicien que je fréquentais alors, Bertrand. Une fois en sa compagnie, il me parut fade, son regard délavé, ses propos insignifiants. Je réussis à lui faire faux bond pour rentrer chez moi.

Devant ma porte, il y avait une nouvelle carte. Je m'y attendais.

Hôtel R., chambre 809.

Je n'ai pas hésité une seconde. Je me suis faite belle ; puis je suis repartie dans la nuit.

Malgré l'heure tardive, il m'attendait.

J'ouvre une petite parenthèse pour te dire que les critiques du *Magnificat* ont été bonnes.

À part l'illustre Hubert R., critique musical redouté que je soupçonne d'être misogyne, et qui, année après année, se complaît à m'exécrer de plus belle, le concert a été bien accueilli.

Écoute ce que ce monsieur vitupère à mon égard : « Mme Margaux L. s'est toujours bornée à bousculer la tradition ; hélas, sa version allongée du *Magnificat* trahit, une fois encore, une conception trop décorative du chef-d'œuvre de Bach dont l'interprétation fantaisiste ne peut être que réductrice. Margaux L. semble ne pas avoir saisi la conception de cette œuvre, et sa lecture paraît hybride. Malgré l'audace notoire dont elle fait preuve et une maîtrise remarquable du chœur, on reste songeur quant au parcours inégal de ce chef.

« À part le fait d'être agréable à regarder, Mme Margaux L. sait-elle où elle va ? En l'écoutant, on est en droit de se poser la question. »

N'aie aucune inquiétude, Max. J'ai l'habitude de ce genre de commentaires ; ce sont des soufflets qui ne m'atteignent plus.

Une journaliste m'a demandé une interview pour un magazine féminin. Jouissant cette semaine d'un peu plus de temps libre, j'ai accepté de répondre à ses questions.

Je reçus chez moi une jeune femme, Olivia L., charmante brune aux yeux bleus qui, malgré ses vingt-six printemps, possédait une étonnante culture musicale. J'éprouve un plaisir vif à être interrogée par des personnes plus jeunes que moi, et sa fraîcheur, sa curiosité naturelle m'enchantèrent.

Elle voulut m'entendre parler de toi. Ce n'est pas la première fois qu'on me fait cette demande. Je m'épanche rarement à ton sujet ; mais face à la grâce désarmante d'Olivia, je me suis laissée aller.

Après son départ, j'ai regretté ce flot de paroles. Angoissée de m'être trop dévoilée, j'ai guetté la sortie du journal. Il ne faut jamais donner prise à un journaliste ; toute personne devant affronter les feux de la rampe le sait.

L'exemplaire du magazine enfin entre les mains, je rentrai vite à la maison le lire en cachette. Olivia avait rédigé un article de deux pages, illustré de photographies d'agences ; me voilà avec toi, à la Villa, puis en scène, dirigeant un concert, et enfin avec Pierre après ma première de la *Messe en si*.

Sur la première page, je découvris le portrait un peu mélancolique qu'un photographe du journal était venu prendre le jour de l'interview, et ces mots, en grosses lettres : « Tout pour la musique : l'intimité solitaire de Margaux L., la chef des chefs. »

Écoute la suite : « On la voit rarement de face, ce qui est dommage, car le visage de "la" chef d'orchestre Margaux L. reflète tout son talent. Plutôt petite, très mince, on a au premier abord du mal à croire que ce brin de femme est à la tête de l'orchestre de P. depuis deux ans.

« Mais ses yeux brillent parfois avec la dureté du silex, et sa poignée de main n'a rien d'apathique. Installées dans son salon clair donnant sur le boulevard bruyant d'un quartier populaire ("J'ai toujours voulu habiter par ici, j'y venais petite fille"), nous avons effleuré ses projets. Elle a été appelée à diriger le cycle des cinq concertos pour piano de Beethoven à l'Opéra de V. : "Un bonheur immense, et beaucoup de travail…" (d'autant plus qu'elle va jouer et diriger de son piano le cinquième, dit *L'Empereur),* et vient de présenter au Théâtre du C. une version contestée mais très applaudie du *Magnificat* de Bach.

« Notre conversation prit alors une autre tournure. Voilà que le regard vert devient rêveur en évoquant Maximilian U., le grand chef d'orchestre qu'elle appelle cavalièrement "Max". De ce personnage de légende qui la fit débuter voilà vingt ans, elle murmure : "Je pense souvent à lui. Il me manque. Il m'a tant donné, tant appris."

« Malgré l'aura de gloire qui commence à se tisser autour d'elle, Margaux L. garde les pieds sur terre. Deux seules choses lui importent, son fils de cinq ans, et la musique : "Les trésors de mon existence." En dépit de sa vie trépidante et de ses nombreux voyages, la solitude se devine sur ses traits. On sait qu'elle a divorcé de son mari, avocat, et qu'elle a perdu son frère dans un accident de la route, il y a cinq ans.

« On sait aussi que si elle n'aime pas parler de sa vie privée, elle est en revanche intarissable en ce qui concerne Bach et Beethoven. Son cher Ludwig van B. confia à ses Carnets intimes : "Prenez place dans ma chambre, portraits de Haendel, de Bach, de Gluck, de Mozart, de

Haydn ! Vous seuls pouvez m'aider à accepter mes souffrances."

«On pourrait croire cette confidence sortie tout droit de la bouche de Margaux L.»

Si je devais te décrire des moments heureux passés avec lui, ce seraient ceux qui suivirent nos retrouvailles. Manuel avait changé, modifiant son intransigeance en affection. Quant à moi, je n'étais plus la créature soumise d'antan ; les responsabilités grandissantes de mon métier avaient forgé une maturité capable d'effacer tout asservissement. Il continuait à me vouvoyer ; en revanche, je lui disais « tu ». Tutoyer Manuel définissait la garantie de ma nouvelle indépendance. C'était un privilège qu'il acceptait en toute impunité.

Au lit, il n'était plus mon maître. Là aussi je m'étais dépouillée pour toujours d'une ancienne docilité, et je goûtais pour la première fois à une satisfaction inconnue : ma capacité d'arracher à cet être réservé des gémissements de plaisir. Le voir s'abandonner sous l'effet de mes caresses me procurait la plus grande des voluptés ; ainsi j'appris à connaître les coins et les recoins de ses désirs. La tendresse ne venait qu'après nos ébats, discrète, sur la pointe des pieds, pour s'envoler aussitôt.

Nous n'étions pas encore des amants tendres, comme toi et moi. Grisée par le jeu pervers auquel nous nous livrions chaque jour davantage, en repoussant les limites de notre soif d'aimer, j'ai cédé à certaines de ses exigences. J'obtenais en retour un gage, auquel il fallait qu'il se plie. C'était une drôle de façon d'aimer.

Grâce à lui, j'eus un aperçu initial – et formateur – des abîmes (oserais-je dire bas-fonds ?) de la sexualité masculine. Manuel aimait les femmes d'un appétit démesuré. De son plein gré, il m'a laissée pénétrer le domaine interdit de ses fantasmes, à mes risques et périls.

J'ai connu avec lui les boutiques des quartiers chauds de la capitale, là où le sexe sous toutes ses formes était à vendre ; il se promenait dans les rayons, s'attardant sur un objet, une photographie, un gadget, avec une expression amusée. J'ai connu avec lui ces établissements équipés de cabines étroites, où il visionnait des vidéos pornographiques avec un détachement apparent, hormis le froncement incontrôlé de ses sourcils, signe qui trahissait son excitation. Il n'avait alors qu'à me regarder pour que je comprenne comment assouvir chacune de ses envies.

Je garde enfouis en moi, dans une boîte de Pandore verrouillée, des images de corps imbriqués et de bouches avides, ainsi que le souvenir de lieux de passage nocturnes envers lesquels il nourrissait une obscure inclination, où une dose d'amour vénal se troquait contre quelques billets froissés, et où des créatures de la nuit, ramassées au coin d'une rue, au sexe parfois incertain, se soumettaient à sa volonté devant mon regard consentant.

Nous ne parlions pas de Mia. Manuel et moi parlions peu, alors qu'avec toi, en discutant des nuits entières, nous avons refait le monde. Que faisions-nous alors, demandes-tu ? J'ai beaucoup voyagé à ses côtés. Si un concert m'emmenait dans un pays étranger, il s'arrangeait pour me rejoindre quelque temps. Si je disposais de rares jours de liberté octroyés par Karl R., il me réservait la surprise de me faire découvrir une ville inconnue, une région nouvelle.

Une foule d'endroits me rappelleront toujours Manuel, comme cette province entre B. et V. où des villages fortifiés se dressent le long de vignobles vallonnés. Notre amour y avait un parfum de lavande et d'huile d'olive, et le goût âcre du vin du pays, chauffé par le soleil. Je pourrais te parler d'un hôtel à l'orée d'un parc royal, dans la ville de Louis XIV, où nous nous sommes aimés quelques jours pluvieux dans une suite de luxe, et d'une auberge donnant sur une plage pâle où des enfants ramassaient des coquillages à marée basse.

Manuel m'apprit à aimer et à déguster le bon vin. Grâce à lui, je découvris l'art et la manière de bien boire, de décrypter une étiquette, de soumettre un vin aux trois épreuves de vérité, celle de l'œil, du nez et de la bouche, exercices qui menaient souvent à d'autres interludes licencieux. Grâce à lui, je sus reconnaître un margaux d'emblée, d'après sa robe cerise, son bouquet velouté à la pointe épicée, son palais soyeux et puissant.

J'aimais l'écouter parler des nuances de la robe d'un vin : pivoine, rubis, pourpre, grenat, violet ; de son intensité, son éclat, sa limpidité ; puis de son odeur fruitée ou fleurie, épicée ou végétale, balsamique ou animale ; j'aimais enfin le voir goûter le vin et me faire part de ses impressions. L'attaque réveille les sens, murmurait-il, un verre à la main, l'autre main remontant lentement le long de ma cuisse, c'est un vin tout en rondeur qui glisse bien et qui laisse une bouche fraîche, et c'est sans surprise – doigts habiles se débarrassant d'entraves vestimentaires – que son palais est ample, délicat – caresses se faisant plus précises –, son bouquet est expressif, complexe à souhait, ce qui nous invite à le déguster jeune, sans trop attendre… Afin de profiter pleinement de ses arômes prometteurs…

Il aimait les belles choses, les objets rares. En sa compagnie, je connus l'ambiance électrique des grandes salles de ventes où, à coups de rictus élégants et imperceptibles à tous sauf au commissaire-priseur, il se mesurait à d'autres collectionneurs pour obtenir un œuf guilloché de Fabergé, une toile de maître ou un lot de livres anciens aux reliures précieuses.

C'est Manuel qui m'a transmis cette passion de fouiner à la recherche d'un trésor enfoui, caché parmi d'autres objets plus humbles ; de lui je tiens le goût des brocantes, des antiquaires, des vide-greniers. C'est encore lui qui m'apprit à marchander, faisant crisser dans une poche quelques billets pour mieux appâter un marchand récalcitrant.

Je mentirais si je te disais que la fortune de Manuel n'avait guère d'importance. À cet âge-là, l'argent m'impressionnait encore. N'oublie pas mes origines modestes. La valse fastueuse qu'il fit tournoyer autour de moi me monta à la tête, comme à toute autre fille de mon âge.

Ne te méprends pas, Manuel plaisait aux femmes, mais pas uniquement à cause d'un portefeuille bien garni. Il possédait un charme subtil dont il savait se servir. C'était un séducteur ; peu de femmes ont dû lui résister. M'aimait-il ? Je le pense, à sa façon. Mais « je vous aime » ne figurait pas à son vocabulaire ; il ne supportait pas qu'on lui réclame ces mots-là. Son amour s'exprimait par le biais d'un sourire, un regard, un geste, un cadeau. Je porte encore une bague qu'il m'a offerte, un anneau de bronze d'époque romaine, datant du Ve siècle. À l'intérieur, on y lit ces deux mots gravés, usés par la patine du temps : *Carpe diem*.

Cette époque dorée s'étira sur trois ans. Tout bonheur est fugace. Je le sais, maintenant.

Pendant la dernière année de notre amour, Manuel, je le croyais, m'appartenait. Il était marié à Mia, mais cela n'entravait pas notre intimité. J'avais emménagé dans un trois-pièces boulevard R., et Manuel, bien que vivant officiellement à B., passait au moins deux nuits par semaine avec moi. Je ne lui posais aucune question sur sa manière d'organiser cette double vie. C'était un homme ingénieux. Il savait faire.

Nous menions une vie de couple, en quelque sorte. Dans mon appartement, il laissait des affaires, du linge, des objets de toilette. Lorsque je me sentais seule, il me suffisait de regarder sa brosse à dents côtoyant la mienne, son rasoir, le flacon de son eau de toilette sur l'étagère pour me dire qu'il allait bientôt me revenir. Et lorsque je rentrais fourbue d'une répétition ou d'une tournée, dès que j'arrivais dans le hall de l'immeuble, je savais qu'il m'attendait, car son odeur flottait dans la cage d'escalier comme la plus belle des promesses.

Durant cette dernière année, je connus avec lui un plaisir sensuel jamais retrouvé. Notre amour devint enfin tendre, profond, magique. Manuel répondait à toutes mes envies, et du bout de son sexe, de sa langue, de ses doigts, de ses cils, de son nez, il me semblait qu'il butinait mon âme, se nourrissait de mes cellules grises, se délectait de mes neurones, et je m'abandonnais tout entière à ce plaisir, me sentant différente et enfin moi-même.

Manuel, lui, ne se donnait pas à cent pour cent. Insaisissable, il était une île mystérieuse, un château fort au pont-levis remonté, ce qui le rendait à mes yeux plus séduisant, plus inaccessible encore. Je ne le posséderais jamais. Mais je crois pouvoir t'affirmer qu'il m'a donné, en ces moments-là, plus qu'il n'a jamais offert à aucune autre femme.

À la suite d'un oubli de pilule, je me suis retrouvée enceinte. Je pensais que Manuel serait fier d'avoir un enfant, puisque Mia ne lui en avait pas donné. Cette dernière avait accepté notre liaison, mais elle jouissait d'un étrange pouvoir sur son mari, dont j'avais sous-estimé l'importance. Manuel n'eut pas, à l'annonce de ma grossesse, la réaction que j'espérais.

Il me demanda si je l'avais fait exprès. Bouleversée, je lui répondis que non, qu'il s'agissait d'un accident. Il prit son carnet d'adresses, chercha un numéro, puis me le tendit, m'ordonnant de téléphoner sur-le-champ de sa part à un ami médecin qui s'occuperait de l'avortement.

— Vous ne voulez pas de cet enfant ?

Sous l'effet de l'émotion, je le vouvoyais à nouveau. Il trouva ma question idiote. Je lui demandai pourquoi. Il eut un rire amer :

— Parce que j'ai déjà trois enfants.

Mes jambes ont flageolé, j'ai dû m'asseoir.

Incapable de prononcer un mot, je le contemplais, hagarde. Je crois qu'il a eu pitié de moi.

Il m'annonça qu'il s'était marié deux fois avant Mia, et qu'il avait une fille de mon âge issue d'un premier mariage, qui vivait avec sa mère aux États-Unis. Sa deuxième femme lui avait donné deux fils, âgés aujourd'hui de quinze et seize ans. Il l'avait quittée pour Mia, et le divorce, cette fois, avait été sanglant. Les enfants en souffrirent. Il ne les avait pas revus depuis six ans, la durée de son troisième mariage. Quant à Mia, elle était mère d'une fillette de huit ans. Celle-ci habitait en Suède, avec son père.

Il n'était pas question pour lui d'avoir un autre enfant. De son discours qui ne fit qu'accroître mon désespoir, j'ai retenu une phrase mémorable : «Je vous rappelle que je suis un homme marié.»

J'ai regardé l'épaisse alliance de platine qui devait être gravée du nom de Mia. Une tristesse amère fit poindre quelques larmes dans mes yeux. Aveuglée par ma naïveté, j'avais cru connaître cet homme depuis trois ans. Il n'en était rien. Des pans entiers de sa vie m'étaient dérobés.

Il ne me restait plus qu'à affronter l'avortement, seule. Mieux vaut t'épargner les détails de l'intervention. Je te dirai sans façon qu'elle a laissé des traces profondes, et que je pense souvent à cet enfant, qui serait un adolescent aujourd'hui. Je n'en ai jamais parlé à Pierre. Comment prendrait-il la nouvelle de cet avortement caché si Manuel se laissait aller à une gaffe lors de mon dîner ? Redoutant l'irascibilité de mon ex-mari, je préfère ne pas y penser.

Après l'anesthésie générale, lorsque j'ouvris les yeux, Mia se tenait assise près de moi. Elle lisait. Je ne l'avais pas revue depuis l'épisode de Saint-J.

Elle portait un ensemble grège qui mettait en valeur sa silhouette mince. Ses cheveux blonds semblaient plus longs, attachés sur sa nuque avec un catogan noir. J'ai détaillé ses jambes dorées par le soleil, ses mains hâlées, ses pieds fins. Elle était belle. Que faisait-elle là ?

Sentant mon regard sur elle, elle leva les yeux et posa son livre. Elle voulut savoir comment je me sentais. Sa gentillesse m'étonna. Incapable de lui répondre, je laissai deux larmes couler le long de mes joues. Elle les essuya, me disant de ne pas pleurer, que j'oublierais, avec le temps.

En me redressant dans mon lit, une douleur jaillit de mon bas-ventre, m'arrachant un gémissement. Je lui demandai en grimaçant la raison de sa présence. Elle m'apprit que Manuel n'avait pu venir, et qu'il ne souhaitait pas que je sois seule. Je trouvai plutôt comique qu'il envoie sa femme et fus tentée de rire, mais mon ventre endolori m'en empêcha. Elle me contempla quelques instants avec une bonté que je ne lui connaissais pas.

— Je t'ai apporté une lettre de lui.

Elle me tendit une enveloppe. Puis elle se leva, m'adressa un sourire étonnamment complice, et partit, laissant derrière elle un effluve ambré qui imprégna longtemps la pièce. Je ne l'ai plus jamais revue.

J'ai gardé cette lettre comme une relique. C'était ma première lettre de rupture.

Margaux,

Je crois vous avoir offert un jour une bague ancienne gravée d'une locution latine qui me tient à cœur tant elle résume mon mode de vie.

Mais si certains bonheurs, glanés çà et là au fil du hasard, furent agréables de façon éphémère – vite récoltés et vite oubliés –, d'autres, comme ceux que vous m'avez donnés, subsistent de façon singulière comme un parfum tenace.

J'avais envie de vous le dire depuis longtemps, et me souviens des instants précis où j'ai tenté de le faire, mais d'autres paroles, plus anodines, ont fait surface. Il m'est plus facile de vous l'écrire.

J'ai beaucoup pensé à vous. J'espère que vous

*n'avez pas souffert. Vous êtes encore jeune. L'ave-
nir vous réserve tant de choses. J'essaye de m'en
convaincre afin de ne pas me sentir trop coupable.*

*J'imagine que vous devez me croire lâche.
Vous n'avez peut-être pas tort.*

Votre Manuel.

Le temps passe, n'est-ce pas, Max ? Et les
meurtrissures, même celles infligées par un
lâche, finissent par se refermer, en suintant,
parfois.

Des années plus tard, à peine mariée, je me
promenais au jardin du L. avec Martin nourrisson dans son landau. Je profitais de quelques
mois sans concerts avant de reprendre mes activités de chef permanent à l'Opéra de C. Pour
la première fois de ma vie, je m'étais accordé
une coupure d'avec ma carrière afin de m'occuper à temps plein de mon fils. C'était périlleux,
je te l'accorde, mais nécessaire. Mère depuis
peu, je ne me sentais pas capable de diriger un
orchestre ; j'avais besoin de me concentrer sur
cet enfant, de réfléchir sur comment il allait
transformer ma vie.

Manuel était assis seul sur un siège en fer
forgé près des courts de tennis. Il lisait un journal et portait de petites lunettes rondes qui lui
allaient bien. Je ne l'avais pas revu depuis notre

rupture, et il me sembla aussi beau que dans mon souvenir.

Il trouva mon fils magnifique, et s'amusa qu'il soit roux, comme moi. Puis il me fixa de son regard charmeur avec un sourire un peu triste. Sans dire un mot, nous pensions tous deux à ce bébé d'un autre temps qui aurait eu huit ans en février. Je me suis souvent demandé si c'était un garçon ou une fille, à qui il, ou elle aurait ressemblé. À présent, alors qu'il caressait le front de mon fils, je savais que Manuel, durant toutes ces années, y avait songé aussi. Émue malgré moi, je ne parlais pas, berçant Martin qui couinait dans sa nacelle.

— Ainsi, Margaux s'est mariée, et a fait un enfant…

Il s'approcha, effleura ma joue, me trouva belle comme le jour. La trentaine m'allait bien, mon mari avait beaucoup de chance. Il voulut connaître son nom. Pourquoi n'était-il pas avec moi ? Je répondis que Pierre en tant qu'avocat voyageait souvent. Manuel trouvait risqué de laisser une jeune épouse seule ; je rétorquai que je ne l'étais pas, puisque j'avais Martin. Ironique, il traita mon fils de petit veinard, et s'approcha plus près encore.

Je fus envahie par son odeur ; effluve musqué, presque animal, qui exhuma une nuée de souvenirs. Sur un ton nonchalant, il me demanda ce que je faisais le soir même. Je balbutiai que je ne pouvais pas le voir, si c'était cela qu'il avait en tête. Il éclata de rire, me trouvant très drôle dans le rôle d'épouse fidèle, et m'exhorta à rentrer chez moi pour m'occuper de mon bébé, de mon mari et de mon «intérieur propret». Quand je me serais lassée de «faire la bourgeoise», il me suffirait de lui passer un coup de fil. Le numéro de la villa Irrintzina n'avait pas changé.

Je pris congé en lui tournant le dos.

— Dites, Margaux, lança-t-il d'une voix sonore, il vous fait jouir au moins, votre mari?

Plusieurs passants s'étaient retournés. Je me suis éloignée à toute vitesse, poussant le lourd landau devant moi. Réfugiée dans mon «intérieur propret», je me rendis compte qu'il n'avait pas mentionné Mia.

Le soir même, vers minuit, tandis que je travaillais dans le studio que j'avais alors rue de V., le téléphone sonna. C'était Manuel. Je lui demandai comment il avait obtenu mon numéro. Il l'avait trouvé dans l'annuaire, sous mon nom de jeune fille, que j'ai gardé pour ma carrière. Il était en bas de l'immeuble et n'avait pas le code de la porte. En soufflant dans l'appareil, il m'intima de le laisser monter. J'hésitai. Il était tard, une baby-sitter gardait Martin au domicile conjugal.

Le studio aux lumières tamisées offrait une atmosphère feutrée qui plaisait d'emblée à Manuel. Un désordre sympathique y régnait, partitions à même le sol; piano trônant au milieu de la pièce, et sous le plafond mansardé, un large divan moelleux qui semblait fait pour l'amour.

Je décidai d'abandonner Alessandro Scarlatti. *Il Giardino d'Amore* devrait patienter jusqu'à demain. Je dis à Manuel d'attendre, que j'allais descendre.

Nous sommes allés dans un bar, un peu plus loin sur le boulevard. Une fois assis devant un verre, il me demanda si j'avais eu peur qu'il monte. Je le regardai en hochant la tête.

— De quoi avez-vous peur ?

— Peur de ne pas savoir vous résister.

Il dit préférer cent fois cette honnêteté à une hypocrisie bien-pensante. Nous avons bu en silence jusqu'à ce qu'il attrape mon poignet.

Sa peau chaude me troubla.

— Laissez-moi monter, Margaux. Juste une heure. Cela vous fera du bien. Après, vous oublierez. Vous aimerez votre mari encore plus fort. Vous lui ferez mieux l'amour.

Il guettait chaque réaction sur mon visage. Sa peau était brûlante. Ma tête tournait. Il insista, caressant l'intérieur de mon poignet d'un index adroit.

Au bout d'une minute qui sembla une éternité, je parvins à lui dire non, un non étranglé, mais un non tout de même. Il retira sa main et s'en alla, sans un mot. Avec un soupir de soulagement mêlé à une pointe de regret, je le regardai partir.

Ainsi, le beau Manuel sortit de ma vie. Longtemps, son prénom évoqua pour moi le plus sombre et le plus tourmenté des quatuors à cordes de Schubert, le D810 en *ré* mineur, celui que tu trouvais «macabre».

Je ne parviens pas à comprendre comment j'ai pu lui résister ce soir-là. Mariée depuis peu, et tout juste mère, je me tenais encore à ce que j'appellerai ma «logique de fidélité». En épousant Pierre, j'avais l'intention de ne pas le tromper. Cet état d'esprit ne dura pas. Je trompai mon mari, à plusieurs reprises. Il ne le supporta pas, et me quitta.

Et ça, Max chéri, c'est encore une autre histoire...

Intermezzo

J'entretiens avec la musique un rapport étrange, impudique, sensuel. Elle sait mettre à nu ma véritable nature, elle révèle mes désirs les plus secrets, mes craintes les plus intenses. À elle je me livre comme à aucun homme ; en retour, elle me procure un plaisir qu'un amant sait rarement m'offrir.

Quand je me tiens debout face à l'orchestre, bras déployés, baguette dressée, avec dans mon dos le poids de ces regards inconnus, le vertige qui me submerge est parfois plus fort qu'une jouissance ; je sens monter en moi un frisson aigu, semblable à celui d'un acrobate avant le saut de la mort.

Lorsque je m'assieds à mon piano et que je contemple le clavier blanc et noir, avant même de l'effleurer, j'ai conscience que la musique est mon langage, plus intelligible que le français, plus innée encore qu'une langue maternelle.

La musique me donne tout ; goulûment je me nourris d'elle comme un bébé tétant le sein de sa mère. Crois-tu que l'on puisse se contenter de musique et d'eau fraîche ? Peut-on, selon toi, se vouer à elle comme une religieuse prend le voile, comme un ermite se coupe du reste du monde ? Je ne le pense pas, sinon d'où viendrait la mélancolie qui n'a cessé de me poursuivre, et la solitude qui me réveille parfois la nuit ?

Toi et moi, nous n'avons jamais composé, mais nous recréons. Nous traduisons. Nous exprimons. Nous suggérons. Nous portons un regard – ou plutôt deux oreilles – sur une partition. Voilà la différence entre un chef d'orchestre et un compositeur.

La musique tisse le lien entre ma vie quotidienne et ma profession, mais elle n'est pourtant pas l'essentiel. Ce qui me fait vivre, ce qui fait battre mon cœur, ce n'est plus seulement la musique. C'est aimer. Et aujourd'hui, Max, à part mon fils, je n'ai personne à aimer.

Profitant de quelques instants de liberté, tandis qu'un avion m'emmène à V., où je débute les répétitions du cycle Beethoven, j'ai envie de te parler de mon fils. Je t'ai peu décrit ce petit personnage rouquin, copie presque conforme de Vincent au même âge, et qui a enrichi ma vie dès sa naissance.

Hier, au volant de ma voiture, tandis que je l'emmenais à l'école, je n'ai pu m'empêcher d'étudier le visage de Martin dans le rétroviseur. C'est vrai qu'il rappelle mon frère disparu, il possède le même nez, menton, sourcils ; de moi, il a hérité les yeux verts, la chevelure bouclée. Il joue à l'arrière en lâchant des bruits de petit garçon, onomatopées et sifflements. Dans dix ans, lorsque j'aborderai la cinquantaine, à quoi ressemblera ce petit homme ?

Je l'imagine difficilement en adolescent à la voix grave. Aura-t-il la haute stature de son père, son autorité, ou ma taille fluette et mon tempérament d'artiste ? Sera-t-il musicien comme sa mère, avocat comme son père, ou ni l'un ni l'autre ?

Quand j'avais son âge, le piano prenait déjà une part essentielle dans ma vie. Pour l'instant, Martin n'a pas encore de passion attitrée, mais il semble enveloppé d'un mystère qui n'appartient qu'à lui. Sa maîtresse me dit qu'en classe, il se retranche parfois dans un monde à part, une autre planète, de laquelle il descend de temps en temps, pour jouer avec les autres.

À trois ans, lors du décès de mon grand-père paternel à quatre-vingt-cinq ans, il m'avait demandé pourquoi l'on mourait. J'avais répondu que la vie était ainsi faite ; on naissait, puis plus tard, on mourait lorsqu'on était vieux. Comment ce très vieux monsieur était-il mort ? J'expliquai que son cœur fatigué par l'âge s'était arrêté. Comme une vieille pile ? Alors, il fallait en mettre une autre, vite ! Martin fronçait ses sourcils en accent circonflexe couleur de marmelade. Mais où donc était passé papy ? Je lui montrai le ciel. Papy était tout là-haut, au paradis. Martin vit un avion passer derrière un nuage.

— Oh, regarde, maman, l'avion de papy ! Il ne va pas atterrir ?

En comprenant enfin que son aïeul ne reviendrait jamais, il trouva la mort trop mal faite pour exister. Il fallait s'en débarrasser comme l'on chasse un cauchemar. Plus tard, devant la tombe de son arrière-grand-père, que j'avais tenté de lui décrire comme un lit d'éternité, il grimpa dessus, s'allongea, et m'annonça que ce lit était bien trop dur pour y rester. Papy devait se reposer autre part.

Le divorce fut lourd de conséquences pour Martin. À presque quatre ans, il trouvait inconcevable qu'une maman et un papa puissent se séparer. Du jour au lendemain, il cessa de parler. S'il avait faim, il montrait son ventre ; s'il avait soif, sa bouche. Sinon, il ne prononçait plus un mot.

Pierre et moi, malgré le divorce en cours, l'emmenâmes consulter un pédopsychiatre, un orthophoniste, un psychologue, en vain. Il ne desserrait pas les mâchoires. Nous avions beau le câliner, le bercer, lui parler, tenter de le rassurer en expliquant que si papa et maman se séparaient cela ne les empêcherait pas d'aimer autant leur Martin, son mutisme dura quatre mois interminables. Puis un dimanche, alors que nous déjeunions tous les trois, il se remit à parler, comme si de rien n'était, d'une façon plus étudiée qu'avant, avec une voix grave et posée, et nous l'avons regardé, les yeux embués.

Je sais désormais que Martin est mon talon d'Achille, la faille dans mon armure. Avant lui, je paraissais invincible. Il n'y avait guère que la musique, mes propres envies et mes petites frayeurs pour peupler ma vie.

Après Martin, tout changea. Je le compris dès sa première maladie. À l'âge de quatre mois, il contracta une bronchiolite sévère et son pédiatre préféra l'hospitaliser pendant quelques jours.

Devant son visage chétif bardé d'appareils respiratoires, je découvris une nouvelle peur, ressentie là même où j'avais porté Martin pendant neuf mois, et je compris que l'instinct maternel est le plus viscéral, le plus puissant de tous les instincts. Aimer son enfant, Max, est plus fort qu'aimer un homme, parce que aimer cet enfant-là signifie le protéger, l'élever, le chérir, lui donner tout de soi-même, lui offrir sa disponibilité, sa tendresse, sans rien lui réclamer en retour.

Depuis que je suis mère, certaines choses me touchent comme elles ne l'auraient pas fait auparavant. En passant un jour devant l'église Sainte-C., j'ai vu sortir un homme et une femme, jeunes, pâles ; l'homme, brisé, portait dans ses bras un cercueil blanc si petit qu'on aurait dit une boîte à chaussures. Je n'ai pu les regarder, et me suis enfuie.

Je t'avoue que je vis dans l'angoisse de perdre mon fils. Tout m'effraie, la méningite foudroyante, le chauffard, l'assassin d'enfants. À la télévision, les images d'enfants massacrés ou accidentés me bouleversent. Sur chaque visage ensanglanté, chaque corps sans vie, je vois les traits de Martin, et il m'arrive de verser des larmes devant celles d'une mère anonyme aperçue sur le petit écran, femme dont je ne sais rien, mais dont je saisis la douleur.

Récemment, alors que je répétais à l'Opéra B., on me passa un appel de la directrice de l'école. Lors de la récréation, Martin était tombé d'un tricycle et s'était ouvert l'arcade sourcilière ; de surcroît, il avait perdu deux dents de lait. Il avait fallu l'emmener aux urgences pour lui faire radios et points de suture.

Affolée, je lâchai ma baguette, abandonnai une cinquantaine de musiciens pour me rendre au plus vite auprès de lui. Mon fils trônait dans une salle d'attente entre deux infirmières, les lèvres tuméfiées, le sourcil gauche cousu de plusieurs agrafes chirurgicales. Il me gratifia d'un sourire édenté et zozota :

— Regarde, la petite souris va passer plus tôt que prévu !

Martin fera d'autres chutes, aura d'autres accidents, d'autres maladies plus ou moins graves, je le sais. Tous les parents le savent. Et je me doute à présent que cette inquiétude toujours en éveil, cette capacité de tendre une oreille en pleine nuit pour capter un sanglot étouffé et de ne plus jamais dormir d'un sommeil profond veut dire qu'on est devenue mère.

Regarde avec moi ces quelques photos, prises le lendemain de la naissance de Martin ; regarde comme mon regard s'est déjà modifié, mon visage est devenu plus doux, plus tolérant, celui d'une maman, mes traits semblent avoir perdu de leur dureté, mon menton paraît moins têtu.

Martin n'est pas un enfant facile. Son caractère complexe et fragile, son émotivité à fleur de peau le rendent parfois capable de colères dignes de celles de son père, mâtinées de l'obstination que je lui ai léguée. J'ai dû apprendre à me maîtriser pour ne pas laisser ma propre colère déborder ; et pour cette raison, il me semble que c'est Martin qui m'a appris la signification du mot patience.

Tu fus un père absent envers tes filles. Jamais tu n'aurais interrompu une répétition pour te rendre au chevet de l'une d'elles, fût-elle mourante. Tes enfants venaient après la musique, alors que, pour moi, Martin passe avant. Voilà notre différence.

Avant de te raconter Pierre, laisse-moi d'abord te parler des événements de ces dernières semaines. Domine ton impatience ; il s'agit là de quelque chose d'important.

Je suis allée dîner chez Isabelle, celle que je connus à B. en même temps que Manuel, et qui m'est devenue chère. Affalée sur un des grands canapés aux ressorts fatigués, je regardais évoluer la faune des invités de mon amie. Et puis, mon cher Max, il y eut cet homme.

Comment te dire ? Il se tenait assis dans un coin du salon ; je ne voyais que son profil : un nez droit, un menton fort, une chevelure sombre éclaboussée d'argent. Un regard étrange et mordoré. Il me parut empreint d'une certaine mélancolie.

Puis le mari d'Isabelle annonça que le dîner était servi. Comme d'habitude, c'était un buffet. Une fois servie, je m'installai à un coin de table. L'inconnu brun vint s'asseoir en face de moi. De près, il semblait plus âgé, et devait avoir la cinquantaine ; ses yeux vert-jaune, son sourire drôle mais amer me parurent meurtris par la vie. Il me salua, sans se présenter, me dit qu'il était venu écouter mon *Magnificat* et l'avait aimé.

D'emblée, sa voix me fit chavirer. Parfois de velours, parfois cassante, mais toujours pleine, tonitruante, vibrante ; dès que je l'entendis, j'eus l'impression qu'elle me pénétrait, qu'elle me mettait nue. Cet homme que j'avais à première vue trouvé morne, éteint, se transformait devant mes yeux ; son regard doré scintillait de vivacité, ses mains carrées virevoltaient, ses lèvres charnues dévoilaient de petites dents animales. L'écouter, c'était comme boire le champagne le plus pétillant, le plus délicieux qui soit.

J'imaginais déjà, rien qu'en écoutant ce timbre méphistophélique, la façon qu'il devait avoir de poser la main sur une femme, de la toucher, de la malaxer avec des doigts qui s'insinuaient, curieux, enthousiastes, effrontés, voraces, dans les coins et recoins, avec une habileté gourmande et joyeuse.

— Vous appelez-vous en réalité Marguerite, comme Margot de Valois ?

Je mis quelques secondes à lui répondre.

— Non, comme château-margaux.

Comme ma voix paraissait terne après la sienne... Je lui avouai que j'avais bien failli m'appeler Marguerite, ma mère adorant ce prénom, mais que mon père, grand amateur de vin, avait insisté en faveur de Margaux.

L'inconnu à la voix bouleversante me dit

avoir nommé sa fille aînée Marguerite, mais personne ne l'appelait ainsi ; à croire que c'était devenu un prénom démodé. Je voulus connaître l'âge de sa fille. Elle avait quinze ans, et on l'appelait Margot, comme la reine. Regrettait-il le Marguerite ? Oui, un peu. Un de ses écrivains préférés se prénommait Marguerite, et il aimait beaucoup ce prénom charmant et désuet. Mais sa fille ne voulait pas en entendre parler. Elle avait, selon son père, un sacré caractère ; le caractère de sa mère.

— Votre femme est-elle ici ce soir ?

J'eus envie de contempler l'être chanceux au sale caractère à qui la Voix susurrait des mots d'amour.

Il eut alors un rire fou et sonore qui me rappela le tien. Peu d'hommes rient ainsi. C'était un rire chaud et sensuel comme du velours épais ; un rire drôle, teinté d'une espièglerie qui me ravit. Sans savoir pourquoi, je ris avec lui. Puis, sa gaieté s'estompa. Une fragilité s'alluma un instant dans les prunelles jaunes. Non, sa femme n'était pas là. Lorsqu'il sourit, je compris que je n'en apprendrais pas plus. Il effleura ma main de la sienne.

— On devine à vos mains que vous êtes musicienne.

Mes mains, tu t'en souviens, sont petites,

carrées et enfantines, nanties d'ongles coupés ras, et n'ont rien des mains longues et fines de pianistes dotées d'interminables phalanges capables de couvrir deux octaves sur un clavier, mais la Voix trouvait qu'elles reflétaient toute «mon âme d'artiste».

À mon tour, je regardai les siennes posées à plat sur la table, de grandes mains spirituelles et intéressantes. Il me mit au défi de deviner son métier après l'étude de ses mains. Qui se cachait derrière ces doigts volontaires, ces pouces solides? Mais, en les contemplant, un trouble me saisit.

Comme elles étaient belles, chaleureuses et masculines. Comme elles me plaisaient. La nature de sa profession m'importait peu. Je n'avais qu'un désir, saisir ces mains dont le parfum subtil cheminait jusqu'à moi, pour enfouir mon visage au creux des paumes que je ne voyais pas, mais dont je devinais les croisillons secrets, la surface à la fois rêche et nacrée. Telle une diseuse de bonne aventure, j'aurais aimé me pencher sur les sinuosités de ses lignes de vie, de cœur et de chance pour tout décrypter, tout connaître de lui.

Je percevais le regard de l'inconnu sur le haut de ma tête comme un phare incandescent. Il retourna ses mains lentement, comme s'il me

les offrait. En retenant ma respiration, je posai
les yeux sur ses paumes blanches, sans les toucher. Il me parut étrange de contempler ainsi
les paumes nues de cet homme dont je ne savais
même pas le nom.

J'eus l'impression d'avoir atteint avec lui, en
quelques minutes, un degré d'intimité surprenant. Tu le sais bien, Max, les hommes n'aiment
pas se livrer.

Alors que le silence entre nous semblait se
faire plus lourd, que nos regards comblaient
l'absence de paroles, il frôla à nouveau ma main
de la sienne.

Puis il dit :

— J'ai lu quelque part que vous étiez une
passionnée de musique baroque.

L'instant magique était rompu. Rassurée de
pouvoir me hasarder dans un sujet plus sûr,
je tentai de lui démontrer la sensualité latente
de cette musique, le contraste entre la rigueur
des structures et la totale liberté d'expression.
M'écoutait-il ? Son regard s'attardait, rêveur,
sur mes mains, ma bouche, mes cuisses sous ma
jupe.

À la fin de la soirée, il promit de venir à un
de mes prochains concerts, m'implorant de ne
pas jouer du Lully, qu'il trouvait soporifique, ni
les *Quatre Saisons*, qui lui rappelaient les ascen-

seurs d'un grand magasin. Il ne me restait plus qu'à dire au revoir à cet inconnu, dont Isabelle ne m'avait précisé que le prénom : Adrien.

— Au revoir, madame Château-Margaux.

Ainsi naquit le surnom dont il m'affuble encore. Il attrapa ma main droite et la baisa avec une courtoisie coquine.

— On ne vous voit pas beaucoup de face, dans votre métier. Dommage, car il semblerait que l'endroit du château vaille bien l'envers. N'y aurait-il que des messieurs libidineux au premier rang de vos concerts ?

Le plus étrange, Max, fut qu'en rentrant chez moi ce soir-là, j'eus conscience d'avoir fait une rencontre importante. Son regard hanta mon sommeil plusieurs nuits. Il me fallait revoir cet homme. Mais je ne décelais dans cette envie aucune urgence.

J'aurais pu téléphoner le lendemain à Isabelle, lui demander son nom, son numéro de téléphone. Je ne l'ai pas fait. Pourquoi ? Je voulais, pour une fois, ne pas précipiter les choses.

Au fil d'une conversation avec Isabelle, quelques semaines plus tard, je voulus en connaître plus sur lui. J'appris qu'Adrien était au chômage depuis un an. Il avait deux filles, et sa femme l'avait quitté parce qu'elle ne supportait plus cette situation. Adrien allait déménager dans un autre quartier, pas trop loin, pour qu'il puisse voir Margot et Julie à la sortie des classes. Sa femme gardait l'appartement avec leurs filles. La cadette n'avait pas douze ans, on leur avait dit qu'il ne fallait pas lui imposer trop de changements.

Ma première réaction fut de ne pas chercher à le revoir. Je trouvais son histoire trop compliquée. Mais je ne parvenais pas à l'oublier. Je revoyais la pâleur vulnérable de ses mains, j'entendais l'attrait puissant de sa voix. Ainsi, je demandai ses coordonnées à Isabelle.

Dès que je les obtins, je composai son numéro. Sa voix figurait sur le répondeur. Elle me troubla à nouveau. Je désirais l'entendre dans le creux de mon tympan, murmurant des choses interdites. Je voulais l'écouter prononcer les mots qu'un homme lâche pendant l'amour.

Je raccrochai, sans laisser de message.

J'aimais son prénom, j'aimais le prononcer à voix basse, sentir sa caresse dans ma bouche : le « a » entrouvrant mes lèvres, le « d » faisant buter ma langue contre mon palais, le roulis du « r » se mêlant à l'aigu du « ie » pour finir avec l'harmonie sourde du « n ».

Il m'est déjà arrivé de murmurer le nom d'un homme ainsi au milieu de la nuit ; j'ai dû chuchoter le tien dans la fraîcheur d'une aube romaine, celui de Manuel, ou de Pierre ; j'ai dû en prononcer d'autres encore, effacés de ma mémoire.

Il m'était impossible d'ôter cet homme et sa

voix si particulière de mon esprit, difficile de rester passive à son égard plus longtemps. Je lui laissai alors un message, lui proposant de me retrouver lors de ma prochaine matinée de liberté pour flâner aux puces. Il ne rappela pas mais fut à l'heure à mon rendez-vous.

Nous avons pris un café. Me croirais-tu si je te confessais que je ne me souviens pas d'un mot de notre conversation? Nous avons passé une heure ensemble, mais j'ai beau chercher, pas une parole ne me revient. Que te dire, à part qu'à la lumière du jour ses yeux sont plus dorés que verts, et que son rire est la plus belle chose que j'aie entendue depuis le tien?

Le lendemain, je reçus un grand bouquet de marguerites, et ce message:

J'ai vu ces fleurs, et j'ai pensé tout de suite à vous. J'aimerais vous revoir. Amitiés.

Et c'était signé: *H.*

Oui, H! Tu imagines ma stupéfaction. Qui pouvait donc être ce H? Pourquoi cette missive n'était-elle pas signée d'un A comme Adrien, car il ne pouvait s'agir que de lui? Pendant une journée entière, je tentai en vain de trouver à qui appartenait cette mystérieuse initiale.

Une visite à la librairie de mon quartier m'apporta la solution à l'énigme. Je me souvins qu'il avait dit admirer un écrivain se prénommant Marguerite. À ma connaissance, il n'y avait que deux Marguerite célèbres.

En apercevant les *Mémoires d'Hadrien* sur l'étagère, le voile se leva enfin. Le libraire dut se demander pourquoi la vue de cette œuvre à la beauté austère m'arracha un sourire si béat.

La même Marguerite confesse dans le Carnet de notes des *Mémoires d'Hadrien* : « Il est des livres qu'on ne doit pas oser avant d'avoir dépassé quarante ans. »

Je ressens la même chose envers Beethoven. La pianiste que je suis a eu moins de difficultés envers les sonates ; en revanche, dès qu'il s'agissait des symphonies, la catastrophe semblait inévitable. Je ne les entendais pas, ou mal ; mon oreille, subtile machinerie au rouage huilé, se bloquait ; je devenais alors aussi sourde que le grand Ludwig lui-même.

Je garde un souvenir cuisant de la *Septième.* Il y a une dizaine d'années, lors du Festival d'O., je dus remplacer au pied levé un chef souffrant – aventure périlleuse – et l'orchestre n'avait cessé de bouder durant les quelques répétitions hâtives.

Non seulement je n'avais pas réussi à m'imposer, mais de surcroît, cette œuvre me passait encore au-dessus de la tête. Je ne m'y étais pas assez préparée, bien que j'aie toujours su que les quatre dernières symphonies de Beethoven représentent un énorme travail pour un chef.

Dès la première attaque, comme une élève s'enlisant dans un épineux sujet de philosophie, toute maîtrise me glissa des mains. Le trac m'envahit. Tu as dû connaître cela ; la gorge qui se serre, la sueur qui perle au-dessus de la lèvre supérieure, les paumes moites, le cœur qui s'emballe ; et cette peur qui tenaille le ventre.

Pour ne rien arranger, le cor sonna faux dès le deuxième accord, puis les doubles croches piquées suivies de seize fortissimos présagèrent un désastre : cuivres miaulant comme des chatons étranglés, vents livrant leur dernier soupir, cordes sans conviction. Comment ressusciter un orchestre comateux quand on n'a pas assez travaillé ce que l'on dirige ? Alors que la salle semblait tanguer derrière moi, je captai une inquiétante rumeur, au début infime, puis grondant de part et d'autre, s'accentuant comme un orage qui se rapproche.

On comprend vite ce que ressent un public. Lorsqu'il est heureux ; lorsqu'on l'a fait vibrer, frissonner, la qualité de son silence nous expédie jusqu'au paradis ; en l'espace de quelques instants, nous voilà demi-dieux couronnés de gloire.

Tu sais bien que si une salle indifférente semble un calvaire, un public mécontent est un enfer qu'il faut pouvoir endurer jusqu'au bout. Pas question de poser sa baguette et de s'enfuir. Un des périls de notre métier, c'est que les ondes négatives viennent par-derrière comme l'ennemi le plus lâche ; elles n'atteignent que notre dos ; du moins, pendant que l'on dirige. Se retourner à la fin pour braver la tempête, voilà une autre paire de manches…

L'allegretto du deuxième mouvement se dressait devant moi comme les cimes de l'Himalaya. Son thème obsédant, qui se développait en s'amplifiant tels des ronds concentriques, il me fallait le vaincre d'emblée, l'aborder tout d'abord avec altos et violoncelles, puis lancer flûte, hautbois, basson pour concevoir la lente et inexorable progression, pour construire l'infernale montée des cordes jusqu'à l'éclatement sonore.

Mais au lieu du magnifique crescendo imprégné de mélancolie dont je rêvais, j'obtins une marche funèbre qui s'affaissa comme un soufflé raté. Le scherzo imprécis qui suivit ne pouvait que manquer de gaieté et de vivacité. Tout était perdu.

Serrant les dents durant soixante mesures d'une coda interminable, Beethoven me parut

inhumain. J'étais vaincue. Des larmes crépi-
tèrent sur ma partition, se mêlant à l'enchevê-
trement des notes.

Je l'ai haï, ton Titan trapu à la grosse tête, à
la peau criblée de petite vérole. La fantaisie de
Haendel, la ferveur du Cantor, propices à tant
de sortilèges, me firent ce soir-là défaut, car je
mesurais l'abîme me séparant encore de Ludwig
van Beethoven.

Hier soir, en rentrant de V., les oreilles vrombissantes à force de «Beethovenier», je trouvai un message d'Hadrien sur mon répondeur. Je me suis laissée aller à une danse de bonheur autour de la pièce, suivie d'un Martin ravi, sous le regard gêné de Patrick, qui devait croire que sa patronne devenait folle. Il a peut-être raison.

Je n'ai pas effacé le message; je crois que je l'ai écouté vingt fois. Cela t'amuse, non? C'est vrai, j'ai l'impression d'avoir quinze ans quand il s'agit de lui. Une fois seule, je l'ai rappelé. Sa voix m'a semblé plus tendue que sur le message. Notre conversation fut brève; il me demanda de le retrouver le lendemain matin à neuf heures, dans un café faisant l'angle avec l'avenue de l'O.

En contemplant au réveil mon visage bouffi, je faillis ne pas me rendre à ce rendez-vous; et je dus me faire violence pour quitter l'appartement, une paire de lunettes noires sur le nez.

Il m'attendait en lisant un journal. Imagine mon soulagement en découvrant ses paupières gonflées par le sommeil. Discrètement, j'ôtai mes lunettes pour les glisser dans ma poche.

J'aurais aimé te décrire un petit-déjeuner charmant, cher Max, te faire croire que «l'affaire était dans le sac».

Mais je suis parvenue trop loin dans cette longue missive pour écrire des mensonges, sous prétexte que les événements de ma vie n'ont pas l'amabilité de s'accorder à mes envies. Je ne t'ai jamais menti; ce n'est pas maintenant que je vais commencer.

Je te dirai ceci, sans aucun autre commentaire: je crois qu'Hadrien aime encore sa femme.

Je n'ai pas fait l'amour depuis des mois. Je suppose qu'une femme de mon âge qui n'a pas eu de plaisir depuis longtemps, cela se lit sur son visage, se devine à ses mouvements, ou dans ses yeux.

Pour y remédier, je pourrais enfiler une robe ajustée, mettre du rouge à lèvres, du parfum, sortir dans la nuit et trouver un homme, dans un bar, à la terrasse d'un café, et le séduire. Je l'ai déjà fait, surtout à une époque où l'on n'avait pas besoin de se protéger d'un bout de latex.

Qu'aurais-tu pensé de cette nouvelle pratique amoureuse ? Tu n'aurais jamais voulu t'encombrer de cette enveloppe rédhibitoire. Envers les messieurs récalcitrants de ton espèce, il faut ruser de volupté. Mettre un préservatif avec la bouche, ce n'est pas plus difficile que de faire une bulle avec un chewing-gum.

Il est facile de séduire un homme qu'on n'aime pas, enfantin de lui faire croire que tout vient de lui, qu'il est maître de la situation, alors qu'en vérité, il n'est qu'un pion sur l'échiquier du désir. Pour s'offrir un homme, il n'est pas indispensable d'être belle. Tout se joue à partir d'un regard. Mais cela ne m'amuse plus.

Avant que tu me croies vaniteuse, apprends que je n'ai pas toujours connu que des succès. J'ai même essuyé de sacrés revers. Il est des hommes qui n'ont jamais voulu de moi. J'avais beau me jeter à leurs pieds, les implorer, user de mes atouts – en vain.

Certains hommes, il est vrai, n'aiment pas les femmes trop explicites, les amazones de l'amour, celles qui n'ont pas froid aux yeux. Ceux-là préfèrent la docilité au culot, la soumission à l'impétuosité, la passivité à l'audace. Je ne suis pas de cette race de femmes. À ton avis, si je l'avais été, serais-je plus heureuse aujourd'hui ?

Un homme dont on est amoureuse, c'est une autre affaire. Voilà qu'on perd ses moyens, que l'on cherche ses mots, que l'on se sent banale. La rousse séductrice s'esquive, cédant la place à une gourde incapable d'aligner trois mots.

Max, j'ai fait une chose ridicule, et j'en ai honte, mais il faut bien que je me confesse à présent. Sois indulgent – après ce petit-déjeuner décevant avec Hadrien, je n'ai plus supporté d'être seule. Tu soupires, Max. Laisse-moi poursuivre. Tu devines, n'est-ce pas, la nature de mon aveu ? Oui, j'ai fait cette chose ridicule que les hommes font, prendre leur calepin, et se mettre à l'affût de ce qu'on appelle « le coup d'un soir » afin de tromper leur solitude.

L'idée de séduire un étranger me paraissant impossible, je décidai de me rabattre sur les hommes du passé, ces autres ex, ceux de la liste plus longue et plus futile. J'ai dû longtemps fouiller afin de mettre la main sur un ancien répertoire à la couverture rouge, enfoui au fond d'un tiroir, vestige d'une époque plus libertine de ma vie.

En lisant ces noms d'hommes écrits de ma main, classés par ordre alphabétique, ma solitude semblait peser plus lourd encore. Tel

Leporello effeuillant le catalogue de son maître, je partis à la recherche de l'amant d'une nuit, quelqu'un qui ne me poserait aucune question, qui ne chercherait pas à s'insinuer dans ma vie, et qui s'en irait dès le lever du jour.

R. B. ? Pianiste virtuose, mais peu doué pour la musique de chambre… R. D. ? Une ancienne histoire… Pourquoi pas ? Je composai son numéro. Une voix de femme me répondit, je raccrochai. E. D. ? Il était parti vivre aux États-Unis. E. L. ? J'écoutai sa voix endormie sur un répondeur, peu inspirée par ses intonations molles. S. R. ? Impossible de m'en débarrasser le matin venu, je m'en doutais déjà. B. W. ? Celui-là me laissait de bons et chauds souvenirs… Mais son numéro n'était plus attribué. L. Z. ?

Luc. Mon petit Luc. J'avais une certaine tendresse pour ce jeune homme qui avait sept ans de moins que moi. Luc devait être marié, à présent ; je me souviens qu'il était fiancé, lors de notre liaison. Le numéro de la rue T. sonna longtemps dans le vide. Puis une très jeune fille répondit. Elle me dit que M. et Mme Z. n'étaient pas là, et qu'elle gardait leur bébé. Luc marié, père de famille ! Je m'esclaffai.

— Dites à Monsieur que Margaux a téléphoné.

— Margot comment ?

140

— Margaux avec un « x ». Ça suffira.

Il rappela dans l'heure. Serait-il libre un soir de la semaine, sans Madame, bien entendu ? Il voulut savoir s'il s'agissait là d'une proposition indécente. C'en était une. La suite, cher Max, est un peu triste. Il ne faut jamais réchauffer les vieux restes. J'aurais dû m'en douter.

Yeux ouverts dans la pénombre, j'ai tenté d'effacer le désastre qu'avait été notre étreinte. Il s'était acharné, déployant un mâle savoir-faire, en vain. Je n'ai senti monter en moi que le dégoût.

Vers une heure du matin, je l'entendis se lever ; il s'habilla et fila comme un voleur. En me réveillant, fourbue, je me suis demandé si je n'avais pas fait un mauvais rêve.

Puis, en allant dans la cuisine boire un café, j'ai trouvé ce mot : « *Ce n'est pas grave. Oublions.* » Il avait signé de son prénom, suivi d'un grand cœur. J'ai retenu la leçon, preuve qu'à mon âge, on a encore des choses à apprendre.

Il fut un temps où je ne pouvais pas me passer de cet homme-là ; je ne vivais que pour nos rendez-vous. Il m'avait donné les clefs de son studio. Comme je répétais le soir, mon mari ne se doutait de rien. J'étais de retour vers minuit, l'œil brillant, le corps encore engourdi d'amour.

Pour aller chez Luc, je prenais le métro aérien. Je ne voulais pas que l'on puisse remarquer ma voiture garée devant chez lui. À la tombée de la nuit, j'aimais voir défiler ces façades où des lumières s'allumaient petit à petit, dévoilant le quotidien d'inconnus aperçus fugitivement de mon train : images encadrées de fenêtres, multitude de carrés posés les uns au-dessus des autres, m'offrant l'intimité d'immeubles entiers ; une femme repassant dans une cuisine, une famille attablée devant l'écran bleuté d'une télévision, un couple enlacé sur un lit, un homme au téléphone, une maîtresse de maison s'affairant à un gâteau couronné de bougies. Ces tranches de vie attisaient ma curiosité, et j'aurais aimé que le train se mette à rouler moins vite afin que mon regard indiscret ait le loisir de s'attarder le long des vitres illuminées.

Voici venu le moment de te raconter Pierre, seul homme à qui j'ai dit «oui» devant Dieu. Avant de te décrire la débâcle que fut notre mariage, je dois te parler de Vincent, mon frère.

J'ai toujours su qu'on allait me ravir un être aimé. Petite, je me préparais déjà à cette épreuve avec stoïcisme, et je me demande d'où me venait ce goût précoce pour la fatalité.

Mais lorsque la mort faucha mon frère, je compris que toute préparation s'avérait inutile face à la douleur. La perte de Vincent signifiait la fin de mon enfance, l'anéantissement d'un bonheur entier. Je n'avais pas pris le temps de bien connaître mon frère.

À présent, lorsqu'il m'arrive de penser à lui, je ne le vois pas tel qu'il fut à sa mort, un homme de vingt-cinq ans. À mes yeux, il aura toujours sept ans; garnement maigre aux taches de rousseur, sautillant sur la plage bretonne où nous passions nos vacances, à T.

Je suis retournée à T. depuis, avec Pierre et

Martin, pour découvrir que la station balnéaire désuète de mon enfance n'existait plus. À la place du petit port paisible et de la plage se hérissent des bâtiments modernes, et une digue de béton balafre l'horizon d'un trait dévastateur.

Le prénom «Vincent» fait resurgir ces escapades à cinq; je revois Mathilde, protégée par son chapeau de paille, un livre à la main; je revois mon père offrant son visage buriné au soleil, et maman s'affairant à enduire mon dos laiteux d'une couche d'écran total, ce qui n'empêchait pas les rayons meurtriers de brûler ma peau.

Vincent, lui, était déjà loin, ne tenant pas en place, chef de bande d'une meute de chenapans débridés semant la zizanie sur la plage. De temps en temps, mon père, excédé, les rappelait à l'ordre, tandis que de derrière ses lunettes noires à la Jackie O., les prunelles de maman ne quittaient jamais la silhouette malingre de son fils.

Lorsqu'elle était revenue de la clinique avec un nourrisson mâle dans les bras, le portant comme le plus extraordinaire des trophées, Mathilde et moi, à dix et douze ans, avions d'emblée compris que si notre mère aimait ses filles d'un amour raisonnable et placide, elle adorait son fils d'une passion amoureuse.

Adolescente, je m'étais fait la promesse de ne jamais préférer un fils à une fille. Je n'ai qu'un enfant, mais si j'ai le bonheur d'avoir une fille, je sais d'avance qu'il n'y aura aucune préférence dans mon cœur.

Maman s'en est allée sur la pointe des pieds, peu après la mort de son fils, incapable d'affronter le reste de sa vie sans lui. D'une grand-mère qu'elle ne connaîtra jamais, ma future fille héritera peut-être la beauté de son regard clair, et la sagesse de son sourire.

Avec le recul qu'apportent les années, je me doute que Vincent a dû souffrir de l'amour étouffant de maman, mais il est parti trop tôt pour pouvoir en parler. Parce que Vincent avait dix ans de moins que moi, je le considérais comme le «petit dernier» et m'étais peu intéressée à lui, le trouvant bruyant, désordonné, gâté. Parce qu'il n'avait rien d'un mélomane, et moi, peu du garçon manqué dont il rêvait, nous grandîmes sous le même toit, mais chacun de notre côté. Tandis que je vibrais de passion à Rome, il fêtait ses dix ans et passait pour l'élève le plus turbulent de sa classe. À la puberté, alors que ses traits adoptèrent une apparence moins enfantine et qu'il dépassa d'une tête notre père, son tempérament farceur ne s'atténua pas pour autant ; Vincent aimait plus que tout s'amuser.

Je m'étais souvent agacée de cet hédonisme épuisant. À présent, je t'avoue que sa nature enthousiaste et sa candeur ensoleillée me manquent. Il avait d'un jeune chien l'enjouement increvable que je retrouve chez mon fils.

La vie est ainsi faite ; lorsqu'elle nous prive à jamais d'un être aimé, elle nous rend quelque chose de lui incarné chez un autre. Il y a du Vincent dans Martin, pour mon plus grand bonheur.

La dernière fois que je vis Vincent, il se réjouissait d'être oncle. Il n'a jamais connu Martin.

Grosse de huit mois, chancelante sur le bras de Pierre, ne pouvant pas regarder mes parents accablés, j'ai vu le cercueil contenant le corps de mon frère descendre dans le caveau familial, et mon ventre triomphant qui portait une nouvelle vie me parut plus lourd encore, obscène en cet endroit de deuil.

Auparavant, venue sur le lieu de l'accident avec Mathilde, j'avais contemplé les restes de la voiture, broyée par un camion fou sur la route des vacances.

C'était donc là, sur cette nationale banale, bordée de stations-service et d'hypermarchés, là où l'asphalte montrait quelques traces de pneus à peine perceptibles, que Vincent mourut par un après-midi de juin.

Ce fut Pierre qui m'épaula, Pierre qui m'aida à tenir le choc, rendu encore plus pénible par le dernier mois de ma grossesse. En y repensant, je crois pouvoir t'affirmer que si j'ai aimé Pierre, ce fut lors de ces moments douloureux.

Je connais maintenant la fragilité de la vie, j'ai compris que l'on pouvait, en quelques secondes, passer du bonheur au malheur.

Pierre

Andante, ma non troppo

Je suis comme le roi d'un pays pluvieux.

Charles Baudelaire, «Spleen».

J'avais eu besoin des services d'un avocat, à la suite d'un litige avec une maison de disques. On me conseilla Pierre M., réputé pour être brillant, aussi demandai-je à le rencontrer. Je me suis trouvée devant un homme de mon âge, à la calvitie précoce, aux yeux noirs, et aux longues et belles mains. Maître M. avait un esprit étincelant, une éloquence remarquable et le sourire rare. Il me parut froid, professionnel et intelligent. En quelques semaines, il régla mon affaire, et me demanda une somme exorbitante.

Après m'être renseignée sur les honoraires exigés envers ce type de dossier – pour constater qu'il les avait doublés –, je me rendis à son cabinet. Il m'écouta sans ciller, index et majeur droits posés sur sa lèvre inférieure.

— Je coûte ce prix-là parce que je suis un des meilleurs, dit-il enfin, d'une voix posée que je jugeai prétentieuse.

Je sortis mon chéquier de mon sac et le posai sur la table, afin de rédiger deux chèques à son ordre.

— Cela ne vous dérange pas que je vous règle en deux fois ?

Il répondit par la négative. Une fois remplis, je lui tendis les chèques ; il les prit, les regarda, tandis que ses yeux semblaient s'adoucir. Il dit alors être convaincu que les chefs d'orchestre gagnaient bien leur vie. Je me levai, le saluai sèchement et lançai, au moment de franchir le seuil de son bureau :

— Détrompez-vous, maître. Un chef de mon calibre, cela gagne encore beaucoup moins qu'un avocat du vôtre. Espérons qu'un jour, cela s'inversera.

Je claquai la porte si fort que sa secrétaire sursauta.

Le lendemain matin, il me renvoya par courrier un des chèques, avec ce mot :

Maître M. serait heureux que Madame le Chef lui pardonne sa présomption en acceptant de dîner avec lui, à sa convenance.

Je travaillais sans relâche. À trente-trois ans, j'étais depuis quatre ans chef permanent de l'Opéra de C., et la musique, ma musique, celle que je voulais faire connaître, prenait tout mon temps. Autour de moi, mes amies se mariaient, avaient des enfants ; j'étais la seule célibataire. Mais je n'en souffrais point ; le désir d'avoir un bébé, de me marier, ne se manifestait pas, ou peu.

Quand je fis la connaissance de Pierre, à trente-cinq ans, je me trouvais à une période charnière de ma vie. Ma carrière prenait une ampleur nouvelle, m'apportant joies et succès ; cependant, je ne me sentais pas heureuse. Une insatisfaction indéfinissable me tourmentait. Depuis Manuel, je n'avais pas aimé. Cela faisait dix ans que j'accumulais des aventures glanées au hasard de concerts donnés aux quatre coins du monde ; interludes agréables vite consumés et vite oubliés.

Au fond de moi se tapissait une envie surprenante; celle d'avoir un bébé. J'observais à la dérobée femmes enceintes, mères de famille tenant par la main leur progéniture; je me penchais sur des landaus pour admirer malgré moi une frimousse emmitouflée, et il me venait, du plus profond de mes entrailles, un désir puissant, celui de serrer un doux paquet chaud dans mes bras, de bercer contre mon sein un petit être qui aurait grandi en moi, nourri de mon corps.

Lorsque je dînai pour la première fois avec Pierre, il me vint assez vite à l'esprit que cet homme cultivé et racé ferait un bon père. La plupart des hommes se méfient, à juste titre, d'une célibataire de trente-cinq ans, se doutant qu'elle remuerait ciel et terre pour qu'on lui passe la bague au doigt.

Ne te méprends pas, je n'avais rien d'une future épouse intéressée; je cherchais tout simplement le géniteur idéal, car l'idée de me marier m'effleurait à peine. Piégée par l'avancée du temps, je désirais un enfant maintenant, et non dans cinq ans. Je me sentais prête à l'élever seule. Un mariage, si brillant qu'il soit, ne m'importait guère.

Je fus surprise d'apprendre que malgré son apparence bourgeoise, son air de «jeune homme de bonne famille», Pierre venait d'un milieu aussi modeste que le mien. Il s'était façonné une contenance dédaigneuse pour les besoins de sa profession, et sous le masque de l'avocat pressé, je découvris un garçon plutôt drôle, à l'humour noir, et dont l'esprit vif me charma.

Lorsque Pierre daignait sourire – chose rare ! –, c'était comme un soleil sortant d'un gros nuage gris ; tout son visage s'illuminait, ses yeux brillaient, et il perdait dix ans. Et quand Pierre se fâchait – chose fréquente –, il valait mieux se mettre sous abri. J'eus un premier aperçu de sa colère peu de temps après notre deuxième dîner.

Il venait de perdre une affaire importante. Je devais reprendre certaines pièces de mon dossier, et en passant la tête derrière sa porte, lorsque je vis un faciès blafard aux narines frémissantes, un regard noir comme l'œil d'un cyclone, j'hésitai avant d'entrer dans son bureau. Mais il m'adressa un signe impatient, m'ordonnant de m'asseoir. Je m'exécutai. J'ai compris cet après-midi-là ce que voulait dire l'expression « ivre de rage ». Incapable de rester immobile, il ne parvenait pas à maîtriser sa colère. Impuissante, je restai assise devant lui à attendre la fin de l'orage.

J'ai appris, depuis, à me méfier de ce nez qui

subitement se pince, de ces lèvres qui s'amincissent, de ces yeux qui s'assombrissent. Cet homme-là était le champion hors pair de l'injure la plus cinglante, de l'algarade la plus cruelle ; seul être au monde capable en quelques boutades lapidaires, de me réduire à néant.

Mais voilà que j'exhume les mauvais souvenirs avant même de t'avoir livré les bons. Il serait injuste de te dépeindre Pierre ainsi. À moi de rectifier le tir.

En acceptant, il y a un an, de diriger ce prestigieux cycle Beethoven, j'avais conscience de faire une petite folie. Pourquoi m'avait-on choisie, moi qui fus longtemps considérée comme une « baroqueuse » ? Ce genre d'offre ne se refuse guère ; tu le sais bien. C'est toi-même qui me dis, à Rome :

— Ne te laisse pas enfermer dans une catégorie, bats-toi pour qu'on ne te colle pas d'étiquette redoutable à enlever. Dirige sans complexe tout ce que tu comprends, tout ce que tu veux faire comprendre.

Tes collègues de l'Opéra de V. ont dû avoir le même raisonnement que toi ; il leur fallait un pianiste capable de jouer tout en dirigeant un orchestre. J'imagine que ton ancien rival, Wolfgang B. (encore fidèle à l'orchestre de V., et de surcroît un de mes détracteurs favoris) dut ravaler son fiel à l'annonce du choix final.

Il est toujours émouvant pour moi de jouer là où tu as dirigé, de flairer ta trace sur les scènes mythiques où tu as goûté à tes plus beaux triomphes ; j'aime aussi l'atmosphère de ces loges un peu vieillottes, aux murs défraîchis, aux penderies embaumant la naphtaline, et en me contemplant dans la glace, j'ai conscience que ce même miroir a dû refléter ton visage.

À force de travailler depuis près d'un an la partition pianistique de *L'Empereur*, j'eus un déclic. La sage Marguerite Y. avait raison ; auparavant, je n'étais pas prête. À présent, je saisis Ludwig à bras-le-corps. Je ne le crains plus, même s'il m'est étrange de diriger assise à mon piano, sans baguette.

Te souviens-tu de la note écrite par Beethoven en marge de ses esquisses : « Chant de triomphe pour le combat ! Attaque ! Victoire ! » L'Autriche et la France, en 1810, étaient de nouveau en guerre, ce qui explique, comme tu le sais, le caractère grandiose et martial de l'œuvre. Mais contrairement à toi qui as toujours aimé la diriger à la hussarde comme on mène une armée victorieuse, je voudrais atténuer sa puissance militaire sans en diminuer l'éclat. J'aimerais mettre en valeur, dès le premier mouvement, dès le départ audacieux du soliste où le piano devient partie intégrante de l'orchestre, l'expression de douceur, de chaleur humaine et de volupté qui transparaît à mes yeux, et qui m'interpelle au-delà du reste.

Je n'avais pas saisi à quel point Beethoven adresse à chacun d'entre nous un message personnel. Toi, tu savais depuis longtemps comment il souligne de passion sa musique, se servant des pulsations de son cœur comme métronome, imprégnant de pathétique le moindre accord avec une éloquence simple et directe. D'aucun autre compositeur, je n'ai reçu cette impression de lutte fiévreuse, d'ardeur intérieure, de frémissement secret.

Si écouter la musique est une aventure, tu sais bien que la diriger en est une autre. L'aventure que je vis aujourd'hui avec Beethoven, à l'aube de mes quarante ans, me dévoile pour la première fois la modernité de son œuvre, ses contrastes, sa sensualité, ses couleurs, ses silences, son opacité, sa lumière ; et il me semble qu'il a, comme aucun autre, su instiller le bacille du romantisme dans mon sang.

On me demande souvent à quoi je pense en dirigeant une musique que j'aime. Il n'est pas facile de répondre avec précision. En répétant en ce moment l'adagio de *L'Empereur* – que tu exécutais vite, « sans traînasser », alors qu'il me plaît étiré, langoureux –, plusieurs rêveries m'effleurent, et ces quelques vers de Byron que

je déclame intérieurement dans un anglais hési-
tant :

> *There is a pleasure in the pathless woods,*
> *There is a rapture on the lonely shore,*
> *There is society, where none intrudes,*
> *By the deep sea and music in its roar*[1].

Je songe aussi à l'homme secret et solitaire
dont j'interprète la musique ; au drame de sa
surdité croissante, à cette lettre qu'il écrivit à
son Immortelle Bien-Aimée, et je l'imagine tra-
çant pour une fois des mots au lieu de notes, et
ces mots en particulier :

> *Toi – toi – ma vie – mon tout.*

Ces derniers temps, dès les premières
mesures de l'adagio, il m'arrive souvent de penser à Hadrien, là où les cordes prennent leur
envol poignant, juste avant la tombée des premières notes de mon piano, douces et belles
comme des gouttes de pluie.

---

1. « Il est un charme au sein des bois solitaires, un
ravissement sur le rivage désert, une société loin des
opportuns, aux bords de la mer profonde, et le mugissement
des vagues a sa mélodie. » Lord Byron, *Œuvres complètes*,
« Le pèlerinage de Childe Harold », Chant IV, trad. de
Benjamin Laroche, Paris, V. Lecou, 1847, p. 441.

Je repense à ce petit-déjeuner avenue de l'O., où il me parla de la perte de son travail, puis de la femme qui l'avait quitté. Je lisais sa douleur dans ses yeux aux paupières gonflées par une nuit blanche, et je souffrais d'une bizarre jalousie, alors que je connaissais à peine cet homme.

À nouveau, l'étrange intimité que je t'avais décrite s'installa entre nous, fragilisant tout aplomb. Je ne désirais pas qu'il me voie ainsi ; j'aurais préféré lui donner une image plus forte et plus volontaire de moi-même, mais je ne pouvais que l'écouter, comme démunie. À la fin de notre repas, il me dit, avec le premier sourire de la matinée :

— La prochaine fois, nous parlerons de vous. Et uniquement de vous.

La prochaine fois, c'est dans dix jours, à mon retour de V. Nous déjeunons ensemble.

Pierre, en apprenant ma grossesse, voulut m'épouser sur-le-champ. Cet engouement inattendu, qui détonnait avec son tempérament réservé, me séduisit. Avais-je fait exprès de tomber enceinte ? À vrai dire, non. Mais parfois la nature fait bien les choses… Nous nous connaissions depuis quelques mois à peine, et Pierre se déplaçant autant que moi, la conception de ce bébé relevait du miracle.

Notre mariage fut rapidement annoncé, préparé, organisé. Je l'aurais préféré intime, Pierre l'a souhaité grandiose. J'aurais aimé me passer de cérémonie religieuse pour me contenter de noces civiles, il en fut autrement. Je garde un seul bon souvenir de cette journée éprouvante : notre départ en hélicoptère après le dîner, sortie flamboyante et romanesque, comme dans la fin du film *Peau-d'Âne*.

Je te parlerai peu de mon ex-belle-famille, assemblée pétrifiée de parvenus moroses, et moins encore de ma belle-mère, rombière aux inflexions acides qui n'a jamais consenti à ce que son fils cadet succombe à une musicienne gravide de trente-cinq ans, alors qu'il aurait pu – selon elle – épouser l'héritière vierge d'un vicomte.

Je ne me sentais pas enceinte ; mon corps restait le même. En apprenant que l'on porte un enfant, on imagine que cela se voit d'emblée ; mais j'eus beau poser la main sur mon ventre, je ne captais pas le moindre frétillement. Je ne pouvais imaginer que sous mes doigts puisse se trouver une autre vie, une existence qui en était encore à l'embryogenèse ; un nouvel être unique, mâle ou femelle, possédant déjà un patrimoine génétique : quarante-six chromosomes inédits déterminant la couleur de ses yeux, de ses cheveux, sa taille, sa morphologie et les traits de son caractère. Plus tard, l'échographie nous révéla que j'attendais un garçon.

Alors commença une de nos premières batailles : la bataille pour le prénom de notre fils. Belle-mère, ivre de joie à l'idée que j'allais produire le premier héritier mâle de la famille (après les quatre filles du frère aîné de Pierre), se montra si chaleureuse à mon égard que je me suis souvent demandé comment elle aurait réagi à l'annonce d'une fille.

Elle insistait pour que nous appelions l'en-

fant Gilles, prénom de son mari ; Pierre se gar-
garisait du charme pompeux de César, Sixte ou
Auguste, tandis que sa sœur suggérait d'autres
prénoms familiaux : Bertrand, Bernard, Phi-
lippe, Thierry. Aucun de ces derniers ne me
plaisait, mais personne ne s'enquérait de mon
avis. Je n'étais qu'une matrice priée de se taire.

Je rêvais de donner à mon fils le prénom
d'un des compositeurs de génie dont j'interpré-
tais la musique : Franz, Richard, Antonio, Ludwig, Wolfgang, Joseph, Domenico, Johannes,
Sebastian, Hector, Frédéric, Léo, Gabriel,
Félix, Jean-Baptiste, Gustave…

Mais Pierre ne voulait pas en entendre
parler. Il trouvait que la musique empiétait
suffisamment sur notre mariage, et qu'il fallait
que l'enfant porte un nom neutre. Ainsi, après
d'interminables discussions, plusieurs querelles
et beaucoup de concessions de ma part, nous
avons décidé que le bébé se prénommerait
Martin.

L'ambiance de la maternité où je devais avoir mon enfant me fascinait. Des infirmières, dossiers à la main, couraient à droite et à gauche en scandant des noms. Parfois, on entendait au loin un bébé pleurer ou une parturiente crier. Aux urgences, des femmes sur le point d'accoucher gémissaient en se tenant le ventre ; on leur posait les mêmes questions :

— Avez-vous des contractions ? Sont-elles rapprochées ? Avez-vous perdu les eaux ? Saignez-vous ?

Dans la salle d'attente, j'observais à la dérobée des femmes à des stades plus ou moins avancés de leur grossesse. Certaines me paraissaient énormes, tenant à peine dans des fauteuils pourtant larges. Je voyais leur abdomen tressauter, comme si le petit être à l'intérieur se trouvait lui aussi à l'étroit. D'autres, comme moi, avaient encore la taille fine, et rien ne laissait deviner leur état, à part les mots PRI-

MIPARE ou MULTIPARE inscrits sur leur dossier.

Je commis l'erreur d'inviter à dîner trois amies musiciennes et mères de famille qui s'empressèrent de nous raconter leurs accouchements respectifs dans les plus âpres détails ; insolite trio où il ne fut question que de puériculture et de ses dérivés. Il m'était difficile de croire que ces femmes, quelques années auparavant, attablées à la terrasse d'un café lors d'une tournée en province, me livraient à voix basse leurs aventures.

Pierre refusa de m'accompagner aux consultations comme aux cours d'accouchement sans douleur. Il trouvait grotesques futurs pères comme futures mères ahanant pour faire le « petit chien ». Vers le sixième mois, il me dit avec une mine dégoûtée qu'il n'assisterait pas à l'accouchement, pour ne pas me voir dans cette position effroyable avec quelque chose de sanguinolent entre les cuisses. Je le suppliai de faire un effort, de venir pour moi, car j'avais besoin de sa présence. Il pourrait toujours sortir de la pièce au moment de la naissance comme le faisaient certains pères.

Lorsqu'il me pria de ne plus lui en parler, je me suis demandé comment j'avais pu épouser un homme si différent de moi. Mais s'il n'y avait pas eu Pierre, cher Max, il n'y aurait pas eu Martin…

Le décès de mon frère nous rapprocha. Nous connûmes une courte complicité dont je garde un tendre souvenir. C'était un samedi brûlant de juin. Arrivée aux ultimes semaines de ma grossesse, je souffrais beaucoup de la chaleur. Le téléphone sonna à l'autre bout de l'appartement ; je n'eus pas le courage de bouger. Pierre répondit. Après un long moment, j'entendis ses pas remonter le couloir vers moi.

L'expression de son visage fit éclore un pressentiment horrible.

— Petite…, murmura-t-il. (Il m'appelait rarement ainsi.) C'est ton frère. Ton frère est mort.

Puis il se mit à verser des larmes silencieuses. Ce fut la première fois de ma vie que je vis un homme pleurer.

Une nuit de juillet, je fus réveillée vers deux heures par des contractions douloureuses. Je me levai calmement pour préparer mes affaires ; puis je tirai Pierre d'un profond sommeil. Il tournait en rond, ne trouvait pas ses chaussettes, la ceinture qu'il voulait, et à force de vouloir faire vite, il prenait encore plus de temps.

Je commençais à souffrir. Je serrai les dents, et, à mon étonnement, je trouvai la douleur supportable. Quand une contraction me prenait, je ne luttais pas contre sa force ; au contraire, je m'abandonnais à elle, comme un surfeur se laisse glisser, porté par la puissance du rouleau.

Pierre ne comprenait pas mon calme. Il s'attendait à des larmes de douleur, à des cris. Il conduisait mal, brûlait les feux rouges, jurait. Nous arrivâmes aux urgences, lui titubant, moi sereine. Une contraction m'emporta. Je vacillai.

L'interne de garde m'examina, les traits tirés

par une nuit sans sommeil. Il lança un regard à Pierre :

— Votre bébé va naître, nous avons juste le temps d'aller en salle de travail.

Pierre pâlit ; il demanda pourquoi on ne me donnait pas d'anesthésie péridurale. L'interne expliqua que le bébé allait arriver et qu'il fallait faire au plus vite. Un externe lui donna une blouse en papier verte, un bonnet et des bottes de la même matière. On me hissa sur un brancard ; Pierre suivait, blanc comme un linge, un peu ridicule dans son accoutrement.

À peine étais-je installée sur la table d'accouchement, pieds dans les étriers, la sage-femme me dit de pousser. Je le fis deux fois, de toutes mes forces, et le bébé glissa sans difficulté hors de moi. Elle le posa sur mon ventre doucement ; je découvris un petit être recouvert d'un enduit jaunâtre.

La sage-femme tendit une paire de ciseaux à Pierre et lui demanda s'il désirait couper le cordon. Je vis les yeux de mon mari se révulser. Il tomba comme une masse ; sa tête heurta le coin d'un radiateur et le sang jaillit. L'interne examina sa blessure et me rassura ; il n'avait rien de grave.

Mais j'avais déjà oublié Pierre. Plus rien ne comptait, ni Pierre, ni la musique. Je contemplais, émerveillée, trois kilos cinq cents grammes de bébé roux qui couinait sur mon sein, et qui ressemblait de façon extraordinaire à mon frère disparu.

Toi qui divorças trois fois, tu dois en savoir plus long que moi sur ce qui fait sombrer un mariage. On dit parfois que la naissance d'un bébé cimente un couple, mais le mien se gâta dès l'arrivée de Martin, et il n'y a pas une, mais plusieurs raisons à ce naufrage.

La première fut sans aucun doute l'incompatibilité de nos deux personnalités. Le caractère difficile de mon mari, ses colères, sa froideur, heurtaient ma sérénité coutumière. Acceptant mal l'emprise de mon métier sur notre vie de couple, Pierre aurait voulu que j'abandonne ma carrière afin d'élever notre enfant. Je n'ai pas sacrifié Martin au profit de ma musique, comme l'insinue parfois son père. Il est, comme la musique, ma raison d'être. Voilà ce que Pierre n'a ni compris, ni accepté.

Depuis que le bébé était là, je ne parvenais pas à travailler dans notre appartement. Je dénichai alors un studio rue de V. afin de pouvoir m'enfermer à ma guise, et une nounou venait garder Martin chez nous. Pierre ne me le pardonna pas, et sa rancœur s'accentua. Il semblait prendre plaisir à me faire des réprimandes injustes qui m'arrachaient malgré moi des sanglots ; puis, avec un sourire cruel à la vue de mes larmes, il se retranchait dans un silence qui m'exaspérait.

J'étais peu patiente. Je n'avais jamais vécu avec un homme ainsi, au jour le jour. Pierre manquait à mes yeux de charme, d'imprévu, de gaieté. De surcroît, je découvrais la maternité et le mariage, tout en dirigeant mon orchestre de chambre de L., trois activités intenses que je cumulais avec contrariété.

Partager l'intimité d'une musicienne ne doit pas être chose facile. Il est vrai que tout mari peut mal supporter ces absences répétées, ce métier particulier et si prenant, ce besoin de s'isoler pour travailler. Pierre a dû souffrir de tout cela.

Flaires-tu la deuxième raison de notre mésentente ? J'ai toujours eu le goût des hommes. J'aime leur compagnie, leurs sourires, leurs secrets, leur séduction. J'aime sentir un homme près de moi. J'aime l'expression dans les yeux d'un homme lorsque l'envie de moi le prend. Mais mon homme, à force de me battre froid, devenait ennuyeux.

Après l'accouchement, il me semblait que nous faisions de moins en moins l'amour. Pierre n'avait jamais été passionné au lit ; il était d'une nature plutôt tendre et calme, préférant les cajoleries agréables à des étreintes plus fougueuses. Au début de notre mariage, je m'étais accommodée de ce tempérament réservé, mais à la longue, je réalisai que la fréquence de nos rapports diminuait et que j'en ressentais une certaine frustration.

L'arrivée d'un bébé pouvait bouleverser la vie sexuelle d'un couple ; en revanche, j'avais entendu dire que c'était la libido des femmes qui s'étiolait après une naissance. Ce fut plutôt celle de Pierre qui se mit en berne, alors que la mienne avait le vent en poupe. Une fois au lit, mon mari me tournait le dos et s'endormait sur-le-champ ; et lorsque je tentais de réveiller d'anciennes ardeurs, il invoquait des soucis professionnels ou se laissait faire sans conviction.

Je t'ai parlé, plus haut, de ma « logique de fidélité », et comment j'avais tenté de m'y tenir, sans grande conviction. J'avais réussi à évincer Manuel tant bien que mal, mais Laurent fut le premier à me faire faillir. Après lui, le désir d'autres hommes me prit.

La naissance de Martin, loin d'occulter toute sensualité, avait exacerbé une appétence cachée, exprimée jusque-là par l'exutoire de la musique. Mon corps modifié par la grossesse, devenu plus rond, plus harmonieux, bourdonnait d'envies nouvelles. Les hommes m'admiraient dans la rue comme jamais auparavant. Était-ce moi qui cherchais inconsciemment leur regard ? Je ne sais ; toujours est-il que j'eus un succès inégalé, alors que ma première jeunesse semblait loin.

Martin avait presque un an lorsque je fis la connaissance de Laurent. Je m'étais rendue seule à l'anniversaire d'un ami, à la campagne. Mon mari était à l'étranger. J'avais pris l'habitude de sortir sans lui, et lui sans moi, car je voyageais autant que lui.

Laurent était un de ces hommes qui ne peuvent s'empêcher de faire la cour à une femme. L'alliance qui ceignait son annulaire gauche n'entravait pas l'allégresse de ses beaux discours, et son épouse, résignée, suivait d'un œil morne la hâblerie infatigable de son mari.

Durant le dîner, la persévérance qu'il déploya à mon égard m'amusa. Sa voisine de gauche, pourtant avenante, n'attira pas une de ses œillades, car il se concentra sur moi, après s'être assuré que sa femme se trouvait à une table lointaine. Débuta alors le jeu de la séduction, celui que j'avais abandonné depuis que Pierre était entré dans ma vie et dont je redécouvrais le protocole avec délice.

Si je le gratifiais d'un regard prometteur, il se retranchait derrière un sourire blasé ; si je me montrais distante, il n'en devenait que plus empressé encore. Ce jeu aurait pu s'arrêter là, par une belle soirée de mai, une jolie fête qui battait son plein, mais il s'avérait que Laurent possédait une séduction charnelle bien plus attirante que ses propos.

Il portait un pantalon de flanelle grise, une chemise rayée bleue et un blazer bleu marine mettant en valeur une carrure musclée tirant sur le début d'embonpoint qui vient parfois avec la quarantaine. Ses cheveux châtains, un peu trop longs, brillaient d'une belle propreté, retombant en mèches rebelles sur son front, qu'il repoussait en arrière d'un geste étudié.

Il n'y avait que sa voix qui dérangeait ; elle

détonnait avec sa beauté de jeune premier à l'amorce du déclin. J'aimais les signes de la maturité annoncée, creusant les plis de chaque côté de sa bouche sensuelle, ternissant à peine la blancheur de son sourire carnassier.

J'avais un mari absent et un corps qui souffrait d'une trop longue abstinence. En partant, je lui avais glissé mon numéro de téléphone, et d'après la façon particulière qu'il eut d'enfouir cette petite carte dans sa poche, je savais qu'il n'allait pas tarder à m'appeler. Il le fit trois jours plus tard, et me proposa de déjeuner avec lui. J'acceptai.

Dès le dessert, tout se précipita. Il y eut une chambre d'hôtel anonyme dans un quartier qui n'était ni le mien, ni le sien, et le corps de cet homme comme une oasis dans un désert.

J'avais oublié l'ivresse de découvrir un grain de peau, de caresser dos et épaules qui n'ont rien de familier, de sentir sur moi des mains inconnues et en moi le sexe d'un homme qui me désire ; j'avais oublié les sensations qu'un amant adroit sait ressusciter, bouffées d'oxygène que j'inhalais à pleins poumons, et j'ai pris Laurent comme j'ai pu me jeter à corps perdu dans la musique, avec la même fougue, le même bonheur, la même déraison.

Ce jour-là, je rentrai chez moi la tête bourdonnante, le ventre en émoi. Pierre arriva tard, préoccupé. Il me regarda à peine. Il ne se doutait pas un instant que je venais de lui être infidèle pour la première fois – et que j'avais aimé.

Je revis Laurent deux ou trois fois avant de rompre. J'avais obtenu ce que je désirais, quelques instants de folie dans une existence devenue trop rangée.

Laurent avait déverrouillé une porte fermée ; grâce à lui, je me doutais qu'une nouvelle vie commençait pour moi. J'ai eu d'autres amants. Mais je n'ai pas souvent retrouvé la jouissance violente que Laurent m'avait donnée, ni l'exaltation du premier adultère ; ce frisson d'angoisse lorsqu'on franchit le seuil d'un hôtel sachant que l'homme qui attend là-haut dans la chambre est un amant, pas un mari.

Je prenais un plaisir inavoué, à tromper Pierre. Au début, ce fut facile, car il ne se doutait de rien. Puis, à la suite d'une négligence de ma part, un soupçon s'insinua quelques semaines dans son esprit. Sa jalousie passagère attisa mon goût du risque ; je m'adonnai à un jeu dangereux qu'il fallait exécuter à la perfection. Pierre, pour un temps, oublia ses doutes.

Ceux envers qui je nourrissais une convoitise particulière, ceux qui réveillaient en moi le désir le plus inaltéré, n'étaient pas les célibataires ou les divorcés que je fréquentais avant mon mariage ; il n'existait à mes yeux qu'une espèce digne d'être pourchassée : les hommes mariés.

Loin de moi l'idée de devenir leur maîtresse attitrée – ce que j'avais été jadis pour Manuel ; loin de moi l'envie de les aimer, ou qu'ils tombent amoureux de moi. Leur vie privée, le prénom de leur femme, celui de leurs enfants ne m'importaient guère. Il me les fallait ni trop jeunes, ni trop vieux, mais surtout aisés, avec des mains soignées où l'alliance brillait, des vêtements élégants agréables à caresser ; et j'aimais leurs parfums de grandes maisons – Eau Sauvage, Vétiver, Égoïste – qui s'imprimaient sur ma peau avec toute la violence de leur désir.

Ce n'est pas toi, maestro du mari déloyal, que je vais éduquer en la matière ; mais sache qu'afin de rajouter une pointe de piment à mes aventures extraconjugales, je ne prenais comme amants que des hommes mariés à des épouses jalouses. Il va sans dire que ces hommes-là sont les infidèles les plus notoires comme les plus doués. Il faut les voir feindre l'innocence, l'incrédulité, la stupeur ; même surpris en flagrant délit, dans les situations les plus compromettantes, ils n'avoueront jamais.

Mes nombreux voyages s'avéraient idéaux pour me consacrer à ces aventures clandestines. Cependant, être infidèle à son époux lorsqu'il se trouve de l'autre côté du globe, me parut bientôt empreint de fadeur. J'appris alors à jouer avec le feu, donnant rendez-vous à mes amants dans des lieux fréquentés de la capitale, à deux pas du cabinet de Pierre, et où l'on risquait à tout instant de nous surprendre.

Les hommes mariés étant souvent pressés, j'aimais les retrouver dans leur voiture de fonc-

tion, dans le décor studieux d'une administra-
tion, et là, à la lumière blafarde d'un parking,
ou l'éclairage cru d'un néon, j'apaisais leur
fièvre de ma bouche, m'attardant sur ce que
dissimulait leur pantalon gris, pour les renvoyer
ensuite à leurs bureaux, à leurs réunions, à leurs
épouses, les traits lissés par le plaisir.

Tandis que je me rendais à une répétition,
animée d'une vigueur nouvelle, je me doutais qu'ils ne se contenteraient pas de furtifs
hors-d'œuvre. Ils appelaient le lendemain afin
d'obtenir un rendez-vous dans le secret d'un
hôtel où, débarrassés de leur costume de pré-
sident-directeur général, téléphone portable
déconnecté, c'était à leur tour de me faire jouir.

Ces liaisons vécues au nez et à la barbe de
mon époux m'enchantaient. Je pourrais te
raconter l'histoire de C., que l'épouse pos-
sessive ne quittait pas des yeux tant elle avait
peur qu'on le lui prenne, ce que je m'empressai
de faire dans un ascenseur bloqué entre deux
étages alors qu'elle s'impatientait sur le palier ;
je pourrais aussi te parler de J.-P., rencontré
après un concert ; venu m'applaudir avec sa
femme, il me tendit le numéro de son portable
dès qu'elle eut le dos tourné.

Ces adultères semblaient l'indispensable
échappatoire à un mariage soporifique, et si un

homme se montrait timoré par crainte de son épouse, je comprenais en un tour de main comment le convaincre. À cette époque de ma vie, il ne fallait pas qu'un homme me résiste. L'échec m'était insupportable.

Je n'avais pas mesuré à quel point Pierre attachait de l'importance à la fidélité entre époux. Lorsqu'il se mit à me suivre à mon insu et qu'il découvrit que j'avais des aventures, trop tard je pris conscience de sa souffrance, comme de l'amour qu'il me portait.

Il y eut une scène abominable.

Un soir, en sortant de chez un de mes amants, je découvris que Pierre m'attendait sous la porte cochère. En l'apercevant, je m'immobilisai, les bras ballants, stupide. Le visage gris de colère, il ne dit rien, saisit le col de mon manteau et me poussa brutalement dans la voiture garée à côté.

Durant le trajet, il ne prononça pas un mot. Je tentai de lui parler, en guise de réponse, il me donna une gifle magistrale. Il ne m'avait jamais frappée. Ma lèvre fendillée se mit à saigner. Je pleurai doucement, de douleur et de honte.

La nuit entière, il me posa des questions ; il voulut tout savoir de mes aventures ; avec qui, où, comment, combien de temps elles avaient duré.

Au début, je refusai de lui répondre, par crainte de le blesser davantage, mais il me secoua comme un prunier, cria, m'injuria, jusqu'à ce que je parle enfin, terrifiée.

Je dus lui livrer, contre mon gré, mes faits et gestes avec ces hommes de passage. J'avais perdu de ma superbe, et mes coucheries, étalées dans leurs détails scabreux, résonnaient d'indécence. Chaque bribe obtenue me parut être un pieu enfoncé de plus en plus loin dans le cœur de mon mari.

Vers l'aube, épuisé, dégoûté par mes confessions ponctuées de sanglots, Pierre s'effondra sur le canapé pour y demeurer prostré. Je voulus rester auprès de lui, le supplier de me pardonner, mais il me repoussa avec le peu de forces qu'il lui restait. La fureur s'était évanouie, cédant la place à une douleur qui donnait à ses traits livides l'aspect d'un masque mortuaire. Je me sentais sale devant sa peine.

Le lendemain, et les jours qui suivirent, je tentai de renouer le dialogue, de m'excuser de nouveau auprès de lui. Il n'était pas question qu'il me pardonne ; il se considérait comme déshonoré.

Il quitta l'appartement pour aller vivre chez

sa sœur, et entama une procédure de divorce. Dès lors, mes rapports avec la belle-famille furent difficiles. Mes beaux-parents souffrirent de mon inconstance, et nos relations en sont encore imprégnées, même si Pierre a refait sa vie avec une jeune femme, Vanessa, et paraît avoir trouvé le bonheur.

Je regrette de lui avoir fait tant de mal. Pierre m'aimait, ne le montrait pas, et j'avais pris sa froideur pour de l'indifférence. Je pensais à tort que s'il apprenait mes infidélités, il ne s'en offusquerait pas, puisqu'il s'intéressait si peu à moi.

Lorsque notre séparation fut officielle, quelque temps avant ma nomination à la tête de l'orchestre de P., le soulagement m'envahit. Pierre me manquait peu. Contre toute attente, il ne me priva pas de la garde conjointe de Martin. L'avocat habile qu'il était aurait pu m'infliger une punition sévère en m'empêchant d'élever mon fils. Je pense qu'il songeait avant tout à l'épanouissement de Martin.

Je tournai la page. Installée dans un nouvel appartement à l'est de la capitale, j'aimais ma nouvelle solitude.

Puisque chacun d'entre vous me rappelle une musique, cela ne t'étonnera pas d'apprendre que celle de Pierre n'est autre que le

premier mouvement du trio n° 5, *Des esprits*;
une des œuvres les plus brillantes et les plus
noires jamais écrites de la main de Beethoven.

Il me reste de lui une lettre, celle qu'il laissa
en quittant l'appartement.

Margaux,

*Je suis parti, avec tout ce qui m'appartient, sauf
Martin, que je vais désormais devoir apprendre à
partager avec toi. Il est, après tout, malgré tout,
notre fils, celui que tu m'as donné. Il te ressemble
trop pour que je puisse parvenir à t'oublier. J'ai
retenu la morale de l'histoire : ne jamais tomber
amoureux d'une musicienne, moins encore d'une
chef d'orchestre. Parce que tu domines du haut de
ton pupitre une centaine de musiciens qui ne
dépendent que de toi, il te plaît de croire que c'est
la même chose en amour. Parce que ton métier est
nimbé du mythe de la virilité, tu te crois tout per-
mis, depuis que tu as goûté à sa puissance. Je te
crois incapable d'apporter du bonheur à un
homme, car tu es venue sur terre pour une autre
mission : diriger un orchestre, chose que tu fais
avec génie. C'est un métier de célibataire. Le
silence que tu sais si bien faire en toi est un supplice pour ceux qui ont la folie de partager tes
jours et tes nuits. Tu t'es fait un nom. Tu es
célèbre. Tu le seras encore davantage avec les*

années. Mais ta vie amoureuse sera un enfer pour celui qui osera t'aimer.

Prends garde, Margaux. Si tu maltraites ainsi ceux qui t'aiment, la vie ne sera pas tendre avec toi.

Pierre.

Hadrien

Scherzo vivace

Cette voix qui perle et qui filtre,
Dans mon fonds le plus ténébreux.

Charles Baudelaire, « Le chat ».

Qu'est-ce qui rend un visage parmi tant d'autres irrésistible au premier regard ? J'aime les traits d'Hadrien ; l'envolée des sourcils, la saillie des pommettes, l'avancée du menton. Je suis gourmande de son sourire, de chaque battement de ses paupières, de la petite veine bleue qui vibre à sa tempe. Il se dégage de lui une odeur de papier d'Arménie et d'eau de Cologne, et je me demande que doit sentir le creux de son cou, juste sous la mâchoire.

Je soupçonne parfois Hadrien de s'intéresser davantage à la musicienne qu'à la femme. Je ne dois pas être belle au travail. Jusqu'ici, cela ne m'a pas dérangée. Un homme grimaçant, transpirant sur une partition, passe encore, mais une femme… Le nôtre est un métier physique, auquel je me donne corps et âme. La plupart des gens ne mesurent pas l'énergie requise pour diriger un orchestre ; il ne suffit pas d'être debout sur l'estrade et d'agiter une baguette… Hadrien ferme-t-il les yeux lorsqu'il assiste à l'un de mes concerts ?

Lors de notre premier déjeuner, très vite j'ai eu l'impression que cet homme pouvait entendre mes plus grands secrets, que je pouvais tout lui dire de cette existence solitaire où je n'avais pourtant pas une minute à moi, tant la musique la remplissait.

Je me demande à présent si ce sentiment n'était pas une envie déguisée, celle de savourer l'ancienne complicité qui nous liait toi et moi, et que je n'ai jamais su retrouver. Alors que vous n'avez rien en commun – tu fus musicien, il travaille dans la publicité ; il a quarante-huit ans, tu en avais vingt de plus –, pourquoi Hadrien me fait-il tellement penser à toi ?

Peut-être cela vient-il du bien-être que je ressens en sa compagnie, de cette envie de m'ouvrir à lui, de lui faire confiance, comme j'ai pu te faire confiance autrefois ; peut-être est-ce tout simplement l'allégresse de son rire faisant écho au tien, ce rire magique qui m'a tant manqué.

Alors que je le quittais, Hadrien me dit qu'il désirait faire la connaissance de Martin. J'ai trouvé sa demande aussi étonnante que charmante.

Depuis le divorce, Martin ne m'a jamais vue avec un homme. Récemment, quand il m'a demandé pourquoi maman n'avait pas d'amoureux, j'ai répondu qu'elle avait beaucoup de travail et peu de temps pour en avoir. Ainsi, Martin s'est habitué à ce que sa mère soit seule.

En posant son regard sur Hadrien, venu lui dire bonsoir, Martin sembla étonné. Il répondit poliment aux questions de notre invité, lui montra sa chambre et ses jouets, tout en le scrutant d'un air songeur. Puis il prit un livre et voulut qu'on lui lise une histoire. Hadrien entama *Cendrillon*.

Le téléphone sonna ; je sortis de la chambre pour y répondre. C'était Claire, m'informant de plusieurs rendez-vous importants que je notai sur mon agenda. Tandis que je l'écoutais, les belles tonalités graves d'Hadrien racontaient comment Cendrillon perdit son escarpin de vair en s'enfuyant du palais.

À ce moment précis, la voix aiguë de mon fils s'éleva :

— Dis, tu veux bien être l'amoureux de maman ? Elle n'en a pas.

Retenant mon souffle, je tendis l'oreille. À l'autre bout du fil, Claire, que mon silence surprenait, me demanda si tout allait bien. Sa voix masqua celle d'Hadrien. Là-bas, dans la chambre, Martin et Hadrien chuchotaient à présent.

Lorsque j'eus fini ma conversation, je retournai vers eux, arborant une expression décontractée, comme si je n'avais rien entendu. Je leur trouvai l'air de deux conspirateurs. Après le départ d'Hadrien, en bordant mon fils, je tentai d'en apprendre un peu plus. Il me jeta un regard en biais avec un sourire au coin des lèvres.

— Mais c'est un secret, dit-il enfin. J'ai promis de le garder. Tu m'as toujours dit qu'il fallait tenir ses promesses, n'est-ce pas, maman ?

Il me laissa sans nouvelles pendant deux semaines. Ce fut un supplice. Fallait-il le rappeler? Pourtant, c'était simple de le relancer; il aurait suffi d'un coup de fil, d'un petit mot.

Sais-tu qu'en m'endormant le soir, ma dernière pensée va vers lui, s'envolant au-dessus des maisons assoupies, jusqu'à son immeuble de l'autre côté du fleuve, où il doit dormir, lui aussi?

Comme j'aurais aimé passer à travers les murs, pénétrer dans son appartement où je ne suis jamais allée, entrer à pas de loup dans sa chambre, fouiller son intimité, me familiariser avec ses objets, ses livres, ses vêtements, son écriture, ses habitudes.

Dort-il sur le ventre, en pyjama, comme toi? Roulé en boule, en caleçon, comme Pierre? Ou sur le côté, nu, comme Manuel?

Je l'imagine sur le dos, bouche entrouverte, torse dénudé. Tant que l'on n'a pas regardé l'homme aimé dormir, on ne sait rien de lui.

Je fais un tour dans la salle de bains ; je touche les serviettes, le savon, le peignoir, sa brosse à dents. J'enfouis mon visage dans une chemise d'homme qui traîne par terre, imprégnée de son odeur.

Me voilà à présent dans la cuisine. J'ouvre les placards, je jette un coup d'œil dans le réfrigérateur, je tâte les fruits disposés dans un bol au milieu de la table, les fromages sous leur cloche de verre.

Que prend-il pour son petit-déjeuner ? Je sais qu'il aime le thé ; il en avait commandé, avenue de l'O., de l'Earl Grey fort et bouillant. Mais je ne me souviens pas s'il le boit sucré, avec un nuage de lait ou un zeste de citron. Je le connais si peu.

Dort-il encore avec son ex-femme ? Font-ils toujours l'amour ? A-t-il une liaison ? Dans mes rêves, il est seul ; cependant, dans la vie, l'est-il réellement ?

Ces questions me hantent. Après me les être posées, je me sens triste, comme en revenant de ces dîners, de plus en plus fréquents, où les femmes seules excèdent le nombre de couples ; des femmes de mon âge ou plus, divorcées, délaissées ou veuves, des femmes sans homme qui dévisagent les hommes avec une faim terrible dans le fond des yeux, parce qu'elles ne supportent plus leur lit froid et le temps qui passe. Suis-je comme elles ? Hadrien a-t-il eu peur d'une faim décelée dans mon regard ?

Il est des mâles qu'on a envie de déguster comme on dévore à pleines dents un fruit juteux, et dont on jette ensuite le trognon avec insouciance. Je n'ai pas cette faim-là d'Hadrien.

Il y avait une raison à ce long silence : son déménagement. Ce détail m'avait échappé. Je reçus de lui une carte m'invitant à un verre pour fêter son nouvel appartement et un travail retrouvé, qu'il commençait le mois prochain. Là, je fis la connaissance de ses filles ; Julie ressemblait à la description qu'Hadrien m'avait faite de sa future ex-femme ; Margot possédait les yeux d'or de son père.

Il avait convié une cinquantaine de personnes. Plusieurs femmes, dont une ravissante blonde de trente-cinq ans, ne le quittaient pas du regard. J'avais oublié la façon dont un homme en instance de divorce est convoité, spectacle divertissant qui, ce soir-là, ne m'amusa pas. Plus la soirée avançait, plus je me persuadais que la blonde était la petite amie d'Hadrien.

Mon malaise s'amplifia tandis qu'elle lui prenait le bras, appuyait sa tête sur son épaule, riait à gorge déployée de tout ce qu'il disait. Quand un nouvel invité se présentait, elle lui faisait faire la visite de l'appartement avec une expression satisfaite de maîtresse des lieux.

Discrètement, je demandai à Margot qui elle était. Lorsqu'elle m'apprit qu'il s'agissait de sa tante Delphine, la petite sœur d'Hadrien, je retrouvai le sourire. Aveuglée par une jalousie inattendue, je n'avais même pas remarqué leur ressemblance.

Je suis restée tard, et fus la dernière à partir. Delphine ramena les filles chez leur mère. En m'accompagnant à ma voiture, garée quelques rues plus loin, Hadrien me fit une autre demande surprenante ; il voulait me voir répéter à V. Tout d'abord, je fus tentée de lui dire non. Les répétitions, comme tu le sais, sont parfois difficiles, surtout lorsque le courant passe mal entre instrumentistes et chef.

Mes rapports avec le premier violon, Basile S., n'étaient pas des meilleurs. J'avais pourtant déjà travaillé avec lui, sans problème majeur. Même si j'appréciais sa virtuosité et l'étendue de son répertoire, cet astre ascendant commençait à avoir « la grosse tête ». Il n'y a rien de plus pénible qu'un premier violon gonflé de prétention. Je dus plusieurs fois lui faire remarquer – toujours poliment – que le chef c'était moi. Bien sûr, il n'appréciait pas mes rappels à l'ordre.

Devant l'insistance d'Hadrien, j'acceptai qu'il m'accompagne à V. lors de mon prochain voyage. C'est étrange de me rendre au travail avec un homme. Lorsque les yeux noirs de mon agent s'écarquillèrent en découvrant ce mystérieux accompagnateur, je mesurai la nouveauté de la situation. Claire ne voyait «mes» hommes qu'aux premières. Bien que je lui aie présenté Hadrien comme «un ami», elle esquissa un sourire entendu que je fis mine d'ignorer.

J'eus du mal, au tout début, à oublier qu'il était là. Tu imagines commentaires et chuchotements allant bon train, des cordes aux percussionnistes. Même Basile S. le vaniteux daigna jeter plusieurs regards inquisiteurs vers mon bel inconnu.

Puis la rigueur qu'exigeait Beethoven prit le dessus, et Hadrien s'estompa. Tapi dans un coin de la salle, ne perdant pas une minute d'une journée parfois laborieuse, il me découvrit en chef, face à mon orchestre de cent quarante musiciens.

J'avais rendez-vous avec lui pour dîner, au restaurant de mon hôtel – où il s'était réservé une chambre. Lors de notre repas, j'entrepris de lui raconter mon dîner des ex, et comment l'idée m'en était venue. Une crainte me traversa. Allait-il avoir la même réaction que mon père ? Me trouverait-il prétentieuse ou puérile ? Serait-il déçu par cet aveu incongru ? Je me sentais incapable d'affronter la désapprobation d'Hadrien.

Mais lorsqu'il voulut m'entendre parler de Manuel, de Pierre et de toi, j'ai su qu'il me comprenait et qu'il ne me jugeait pas. Ne m'étant confiée dans le passé qu'à des femmes, je n'avais jamais parlé ainsi d'hommes à un autre homme, ni dévoilé mon itinéraire amoureux. Il posa peu de questions et voulut savoir si ces trois hommes se connaissaient entre eux, si certains étaient amis. Je lui dis que non.

À la fin de l'histoire de Pierre, il me prit la main. Les siennes étaient un peu froides, à la peau lisse. Je ne m'attendais pas à ce geste, qui me surprit. Il le vit et lâcha aussitôt son étreinte. Je saisis alors la main qui venait de se dégager ; à son tour il eut l'air étonné.

Nous sommes restés ainsi, mains nouées, silencieux. À quoi pensions-nous ? À ce premier geste amoureux ? À ce qui se tissait entre nous ?

Je t'avais parlé d'un sentiment blasé. Ce soir, il s'était envolé. Aucun homme ne m'avait bouleversée ainsi depuis une éternité ; à vrai dire, depuis toi.

Il fut le premier à rompre le silence, trouvant mon idée culottée, disant qu'il fallait avoir du cran pour assumer son passé ainsi. Puis il ajouta :

— Je voudrais que tu m'invites à ton dîner des ex. Cela me plairait de rencontrer les hommes qui t'ont aimée, et que tu as aimés.

Le « tu » inattendu me réjouit autant que sa proposition. Avec une expression de gamin farceur, il me proposa de faire croire aux deux autres qu'il était lui aussi un ex. Alors, entre deux fous rires, nous nous sommes inventé une passion mouvementée, une rupture, un froid, puis une amitié profonde.

Il s'agissait de pouvoir parer aux éventuelles questions qu'un Pierre mal embouché ou un

Manuel perfide pourraient nous poser. Ainsi débuta un questionnaire digne d'un interrogatoire de police, où nous devions livrer la vérité sur notre passé et notre présent ; il fallut ensuite retenir dates et lieux de naissance, signes astrologiques, (il me faut rajouter une assiette «Poissons» à mon dîner des ex), noms de nos parents, frères, sœurs et enfants.

Je voulus à mon tour l'écouter parler des femmes de sa vie, de celles qui avaient compté. Il était beau à voir, en parlant de ses anciennes histoires. J'aime les gens qui ont un passé. C'est peut-être pour cette raison que j'ai souvent préféré les hommes plus âgés.

Devant la porte de ma suite, Hadrien m'embrassa sur les lèvres, avant de s'effacer dans l'obscurité du couloir. Son baiser fut court, et tendre. J'aurais aimé qu'il se prolonge.

Cette nuit, des songes érotiques sont venus troubler la tranquillité de mon sommeil. J'ai rêvé de la texture exacte de sa peau, des quelques poils gris et noirs de son torse, de son abdomen plat, de ses fesses bombées.

Puis, de façon précise, j'ai rêvé de l'expression qu'il devait avoir au moment de jouir. L'acuité de cette image me réveilla. En ouvrant les yeux, je ressentis la sensation étrange et délicieuse de conserver la chaleur de sa semence en moi ; il me sembla désormais connaître la saveur secrète de sa salive et de son sexe.

Il n'était plus question de dormir. Je regardai ma montre : deux heures du matin. Un profond silence régnait. Dormait-il ? Rêvait-il, lui aussi ? Debout, j'enfilai sur ma nudité une robe de chambre en soie, passai une brosse dans mes cheveux, posai quelques gouttes de parfum sur mon cou et la naissance de mes seins.

Le couloir s'allongea devant moi comme un long tunnel. Je n'entendais aucun bruit. Le numéro de sa chambre m'échappait ; impossible de m'en souvenir. Je me rendis au rez-de-chaussée par l'escalier, pieds nus courant sur l'épaisse moquette bordeaux. Le hall était désert. Un coup d'œil sur le registre m'apprit que M. Hadrien H. dormait dans la chambre 307.

Au troisième étage, le cœur battant, j'entrouvris sa porte qui n'était pas verrouillée. Une petite lumière sur la table de nuit baignait la pièce d'une clarté rosée.

Hadrien n'était pas dans son lit. Stupéfaite, je contemplai les draps froissés ; ma main toucha l'oreiller, il était encore chaud. Je regardai dans la salle de bains. Personne.

Où donc était-il passé ? Avait-il rendez-vous avec une autre femme ? Était-ce pour cette raison qu'il était venu à V. ? Je battis en retraite, désemparée, traînant les pieds jusqu'à ma suite.

Retranchée dans ma chambre, alors que je me glissais entre les draps, une main chaude vint se poser sur mon ventre. Étouffant un cri, je découvris Hadrien nu dans mon lit. Malgré l'heure tardive, pouvait-on encore s'enivrer de château-margaux ?

Il est coutumier de donner aux cyclones, aux tornades, aux tempêtes, des prénoms féminins ou masculins. Je ne me suis pas encore remise de l'ouragan Hadrien.

Les hommes, parfois, ne donnent rien d'eux-mêmes, ou si peu, pendant l'amour. Hadrien, généreux, ardent, réjouissant, était un cadeau.

Désormais, tu sais tout de mon itinéraire sentimental. Tu t'en doutes, c'est avec Hadrien que je voudrais être le soir de mon anniversaire. À plusieurs reprises, je fus sur le point d'annuler le dîner, mais je m'en empêchai, certaine qu'Hadrien aurait été déçu. Peut-être tient-il à rencontrer ces ex, comme si, du fond de leurs échecs, il devait puiser le secret de mon bonheur, de notre bonheur ?

Il faut que je te confesse autre chose, mon Max. Contempler Pierre et Manuel réunis pour la première (et peut-être la dernière) fois autour de ma table, avec celui dont l'histoire vient à peine de commencer, est de l'ordre d'un ancien fantasme, de ceux auxquels il est difficile de résister.

On dit qu'accomplir un de ses fantasmes est souvent décevant. Pourtant, il me semble que je ne risque pas grand-chose, à part un dîner tumultueux pour cause de mésentente profonde. Rien que l'idée de les voir ensemble m'émeut. Il va sans dire qu'être la seule femme présente me trouble encore davantage.

Quatre hommes, quatre notes.

Toi, un *do,* première note de la gamme comme alpha est la première lettre de l'alphabet.

Manuel est un *sol* aux accents inquiétants, la dominante de la gamme de *do.*

Pierre est un long *ré* tourmenté.

Hadrien ne serait-il pas mon *la,* note de référence, celle dont un chef a besoin pour diriger un orchestre, celle qu'il me faut désormais pour apprendre à diriger ma vie ?

Nous y sommes, Max.

Aujourd'hui, 28 octobre, j'ai quarante ans. Tout est prêt pour le dîner des ex. J'ai mis de l'encens ambré à brûler dans mon salon. Manuel m'a envoyé un bouquet de fleurs que j'ai posé sur la cheminée. Écoute donc le menu, élaboré en fonction des appétits de chacun :

Tartare de saumon
Chateaubriand aux pommes soufflées
Salade composée
Brie et roquefort
Gâteau au chocolat

Château-margaux 1982, premier grand cru classé

Vêtu de son plus beau pyjama, mon fils m'a aidée à dresser la table. Il y a une place pour Martin qui pourra rester un peu avec nous avant d'aller se coucher. Tu remarqueras qu'un

carton à ton nom se trouve à ma droite, car j'espère bien que tu ne résisteras pas à l'envie de
t'asseoir quelques instants à ma table, ni vu ni
connu.

Martin

Hadrien   *Pierre*

Margaux   *Manuel*

Max

J'ai expliqué à mon fils que quelques amis
venaient dîner pour mon anniversaire, dont son
père, et Hadrien.

— Alors, il faut que tu sois très belle,
décréta Martin.

Il a raison.

Mais comment s'habiller pour plaire à ces
hommes aux goûts si différents ? Si Manuel
aimait les tailleurs élégants, Pierre me préférait
en jean et T-shirt. Quant à Hadrien, il m'avait
un jour confié admirer les redingotes noires
que je porte (en souvenir de toi) les soirs de
concert.

Puisqu'il est vrai que j'allais ce soir, pour
la première fois, être à la tête d'un quatuor à
cordes dans l'intimité de ma salle à manger,

j'optai pour la préférence d'Hadrien : un costume de scène fétiche composé d'une veste cintrée de velours noir, une chemise à jabot ivoire, et un pantalon cigarette de gros-grain noir.

Coiffure et maquillage me tracassèrent tout autant. Je connaissais mal encore les goûts d'Hadrien en la matière, mais je me souvenais que Manuel préférait mes cheveux attachés d'un catogan, et Pierre les aimait, comme toi, libres. Mon ex-mari me trouvait belle avec les yeux faits et les joues fardées ; je plaisais à Manuel la bouche ourlée d'un rouge écarlate. Je choisis, après mille hésitations, une apparence plus naturelle que sophistiquée.

Et le parfum ? À ton époque, je m'aspergeais de quelques gouttes d'eau de toilette à la lavande ; à celle de Manuel je portais Opium, voluptueux et tenace, et Pierre doit se souvenir de moi sous l'égide du N° 5.

Ce soir, j'inaugure une nouvelle senteur offerte par ma sœur, dont le nom prometteur te plairait d'emblée : La vie est belle. Les fantômes jouissent-ils de la faculté de l'odorat ? Approche-toi donc, Max, pour me humer dans le cou et me dire ce que tu en penses.

J'ai passé trop de temps devant la glace. Cette coquetterie doit te surprendre. Rassure-toi, il ne s'agit pas de frivolité, mais plutôt de la manifestation d'une certaine angoisse. Cela n'arrive pas chaque jour de se retrouver face à deux «ex» et un «futur».

Croiser un ex dans la rue, à un concert, au restaurant, est souvent une aventure amusante, surtout si on ne l'a pas vu depuis longtemps. L'espace d'un instant, tout en bavardant sur un trottoir, un essaim de réminiscences oubliées revient à la mémoire, le souvenir d'une liaison ancienne, de sentiments disparus; on note avec intérêt ce qu'il est devenu, les changements imposés par les années; on se souvient qu'on a aimé ce visage, frissonné sous les caresses de ces mains; embrassé ces lèvres qui paraissent à la fois étrangères et familières.

Mais inviter deux ex qui ont compté à dîner est une démarche plus complexe. L'ai-je fait par égocentrisme, ennui, provocation? L'envie de disséquer mes motivations profondes m'échappe. Il est, de toutes les façons, trop tard.

Une nuée de frayeurs m'assiègent depuis ce matin. De quoi allons-nous parler? Vont-ils s'entendre? Hadrien s'amusera-t-il autant qu'il le souhaiterait? Quelles conclusions pourrait-il tirer de sa rencontre avec Manuel et Pierre? Il me plaît d'imaginer qu'il sentira comme moi ta présence, qu'il se doutera que tu te trouves parmi nous, et que son regard curieux s'attardera sur la chaise vide à ma droite.

Écoute ! On vient de sonner ; il me faut regarder une dernière fois dans la glace avant d'ouvrir. Encadrée dans le miroir, une femme aux cheveux roux et argent me sourit avec une nouvelle douceur. Reconnais-tu celle que tu as aimée ?

Je dois te quitter, Max ; cette longue lettre touche à sa fin. Martin a déjà ouvert à mon premier invité. J'entends le timbre d'une voix masculine, mais d'ici, je ne parviens pas à la reconnaître. Qui est arrivé ?

Avec ta légèreté de fantôme, envole-toi pour jeter un coup d'œil dans le salon. Quand tu auras deviné son identité, joue un *sol* ou un *ré* de ton piano céleste, ou donne-moi mon *la.* Grâce à toi, je saurai qui de mon passé ou de mon avenir m'attend derrière la porte avec Martin.

Il ne me restera plus qu'à entrer en scène.

REMERCIEMENTS

Je tiens à remercier la pianiste Catherine Thibon pour son aide, son talent et sa patience.

Table

Tatiana de Rosnay
dans Le Livre de Poche

À l'encre russe   nº 33301

L'Enveloppe a valu à Nicolas Kolt un succès international et une notoriété dans laquelle il tend à se complaire. Depuis, il peine à fournir un autre best-seller à son éditrice. Trois jours dans un hôtel de luxe sur la côte toscane devraient l'aider à prendre de la distance avec ses fans. Un week-end tumultueux durant lequel sa vie va basculer…

Boomerang   nº 31756

Sa sœur allait lui révéler un secret… et c'est l'accident. Antoine fait le bilan de son existence : sa femme l'a quitté, ses ados lui échappent, son métier l'ennuie et son père le tyrannise. Comment en est-il arrivé là ? Et quelle confidence sa cadette s'apprêtait-elle à lui faire ?

Café Lowendal et autres nouvelles   n° 33504

Dix textes courts et ciselés, une plume légère qui sculpte les contours d'une vie moderne cynique, effrénée, surexposée, où l'émotion vient subitement briser le rythme, comme un temps de révélation, un phare dans la mélancolie.

Le Cœur d'une autre   n° 31828

Bruce est sauvé par une greffe cardiaque. Après l'opération, sa personnalité, son comportement, ses goûts changent. Quand son nouveau cœur s'emballe devant les tableaux d'un maître de la Renaissance italienne, Bruce veut comprendre.

Elle s'appelait Sarah   n° 31002

Paris, juillet 1942 : Sarah, dix ans, est arrêtée avec ses parents par la police française. Elle met son petit frère à l'abri en lui promettant de revenir. Mai 2002 : Julia Jarmond, une journaliste américaine, doit couvrir la commémoration de la rafle du Vél d'Hiv. Son chemin va croiser celui de Sarah…

La Mémoire des murs   n° 31905

Pour sa nouvelle vie de femme divorcée sans enfant, Pascaline a trouvé l'appartement qu'elle voulait.

Mais elle se sent mal dans ce deux-pièces pourtant calme et clair. Elle apprend qu'un drame y a eu lieu mais elle décide malgré tout de rester.

Moka n° 31319

Une Mercedes couleur moka renverse Malcolm, avant de disparaître en trombe… Un enfant dans le coma, une famille qui se déchire et une mère qui ne renoncera jamais à découvrir la vérité.

Rose n° 32482

Paris sous le Second Empire. Les travaux d'Haussmann génèrent des milliers d'expropriations. Rose Bazelet apprend que sa maison, située sur le tracé du boulevard Saint-Germain, va être démolie. Elle se battra pour sauver la demeure familiale qui renferme un secret bien gardé…

Son carnet rouge n° 33614

Le fruit est-il plus savoureux lorsqu'il est défendu ? L'interdit est-il synonyme de plaisir ? De la duperie démasquée à la vengeance machiavélique, Tatiana de Rosnay revisite dans ces onze nouvelles les amours illégitimes et envisage tous les scénarios.

Spirales n° 32873

Hélène, la cinquantaine paisible, mène une vie sans histoire auprès de sa famille. Hélène est une épouse modèle, une femme parfaite. Un jour d'été canicu-laire à Paris, sur un coup de tête, elle cède aux avances d'un inconnu. L'adultère vire au cauchemar quand, au lit, l'amant meurt d'une crise cardiaque. Hélène s'enfuit, décidée à ne jamais en parler, mais dans son affolement, elle laisse son sac à main… Happée par une spirale infernale, Hélène ira très loin pour sauver les apparences.

Le Voisin n° 32094

Un mari souvent absent. Un métier qui ne l'épa-nouit guère. Un quotidien banal. Colombe est une femme sans histoire. Comment imaginer ce qui l'at-tend dans le charmant appartement où elle vient d'emménager ? À l'étage supérieur, un inconnu lui a déclaré la guerre.

Du même auteur :

L'Appartement témoin, Fayard, 1992.
Elle s'appelait Sarah, Éditions Héloïse d'Ormesson, 2007.
La Mémoire des murs, Éditions Héloïse d'Ormesson, 2008.
Boomerang, Éditions Héloïse d'Ormesson, 2009.
Moka, Le Livre de Poche, 2010.
Le Voisin, Éditions Héloïse d'Ormesson, 2010.
Le Cœur d'une autre, Le Livre de Poche, 2011.
Rose, Éditions Héloïse d'Ormesson, 2011.
Spirales, Le Livre de Poche, 2013.
À l'encre russe, Éditions Héloïse d'Ormesson, 2013.
Son carnet rouge, Éditions Héloïse d'Ormesson, 2014.
Café Lowendal et autres nouvelles, Le Livre de Poche, 2014.
Manderley for ever, Éditions Héloïse d'Ormesson/ Albin Michel, 2015.

Le Livre de Poche s'engage pour
l'environnement en réduisant
l'empreinte carbone de ses livres.
Celle de cet exemplaire est de :
600 g éq. CO₂
Rendez-vous sur
www.livredepoche-durable.fr

PAPIER À BASE DE
FIBRES CERTIFIÉES

Composition réalisée par MAURY-IMPRIMEUR

Achevé d'imprimer en janvier 2016, en France sur Presse Offset par
Maury Imprimeur – 45330 Malesherbes
N° d'imprimeur : 205620
Dépôt légal 1ʳᵉ publication : février 2016
LIBRAIRIE GÉNÉRALE FRANÇAISE – 31, rue de Fleurus – 75278 Paris Cedex 06